THE HOUSEMAID'S SECRET

This perfect home has one rule. Don't look behind closed doors...

家弒絕招

芙麗達．麥法登——著

FREIDA MCFADDEN

蘇瑩文——譯

目次

序曲

今晚，我會死。

閃電在周遭狂劈，照亮小屋的起居室，我在這裡過夜，而我的生命也即將在這裡倉促結束。我腳下的拼木地板堪堪可見，剎那間，我想像自己的屍體癱在這片地板上，身下一灘不規則狀的血紅色滲進木板。我雙眼圓睜，瞪向空無；嘴巴微開，一絲血水淌到下巴。

不。不。

不能是今晚。

小屋又暗了下來，我盲目摸索前方，起身離開舒適的沙發。風雨是猛烈沒錯，但不至於強到停電。不，停電是人爲造成的。那人今晚已經奪走另一條性命，並準備把我當成下一個受害者。

一切的開端，只是簡單的家事服務。如今，卻可能會以抹淨我流在地上的血水告終。

我等著下一道閃電爲我照明，接著小心地走向廚房。我腦裡沒有計畫，但廚房裡有能夠當作武器的工具，有整組刀具。就算沒有刀，一把叉子也能派上用場。空著一雙手，我絕對沒有希望。有了刀，至少有渺茫的機會。

廚房裡有大片觀景窗，讓整個空間的光線比小屋其他地方好一些。我瞳孔放大，盡可能看進一切。我摸索著走向廚房流理台，但才在合成地板上走了三步便重重滑倒在地，手肘嚴重的撞擊讓我眼眶泛淚。

儘管，老實說，我的眼底早就有了淚水。

掙扎起身時，我意識到廚房的地板是濕的。閃電一打，我低頭看向手掌。我的雙掌染上腥紅色。我不是踩到水或潑灑出來的牛奶而滑倒。

讓我滑倒的是血水。

我在原地坐了一下，盤點自己的血量。我沒受傷，完好無缺。這表示地上的血不是我的。

應該說，**還**不是。

行動。快點動起來。這是唯一的機會。

這次我的嘗試有點進展了。我起身走到廚房的桌子旁邊，在指尖碰到又冷又硬的桌面時終於鬆了一口氣。我四處摸索找刀子，但好像找不到。刀子在哪裡？

接著我聽到腳步聲，愈來愈近。這實在很難判斷，尤其是四周一片漆黑，但我相當確定，此刻，有人跟我一起在廚房裡。有雙眼緊盯著我，我後頸的汗毛豎立。

我不再是一個人。

我一顆心直直往下沉。

我的判斷錯得離譜，低估了一個極其危險的人。

而現在，我要付出最大的代價。

第一部

米莉

Part I

MILLIE

（三個月前）

1

經過一個小時的擦洗，安珀・迪高的廚房幾乎一塵不染。就我所看到的，安珀應該是每餐都在附近餐廳吃，有鑑於此，我這番努力似乎沒那麼必要。如果眞要押錢下注，我會說，她連怎麼用她那個花俏的烤箱都不知道。她的廚房漂亮又超級寬敞，我相信裡頭有很多電器用品她一次都沒用過。她有快煮壓力鍋、專煮米飯的電鍋、氣炸鍋，還有所謂的食物乾燥機。說來矛盾，一個在浴室裡放了八種不同保濕產品的人竟會有個乾燥機！但我有什麼立場評斷？

好吧，我是**有點**愛評斷。

但我還是仔細擦拭每一件沒用過的用品，清理冰箱，收拾幾十個盤子，把地板擦得亮到幾乎能反射我的倒影。現在，我只要拿走最後一批待洗衣物，迪高家的頂樓公寓就會乾淨如新。

「米莉！」安珀上氣不接下氣的聲音飄進廚房，我用手背擦掉額頭上的少許汗水。

「米莉，妳**在**哪裡？」

「在裡面！」我喊道。雖說，我在哪裡相當明顯。這間公寓——將兩戶相連單位打通成一戶——地方是大沒錯，但也沒大到那種地步。如果我不在起居室，幾乎可以確定我人就在廚房。

時髦得一如既往的安珀穿著她眾多設計款洋裝的其中一件，施施然飄進廚房。這件斑馬紋洋裝開深V領口，漸窄的袖口恰好收在她纖細的手腕上。她穿了一雙斑馬紋靴子搭配洋裝，雖然她和其他日子一樣光采奪目，但我有些不確定自己究竟該稱讚她的穿搭，還是該當個獵人追捕她。

「終於找到妳了！」她的音調帶著一絲指控，彷彿我沒待在該在的地方。

「這裡剛整理完。」我告訴她：「我馬上去收髒衣服，然後——」

「事實上，」安珀打斷我的話：「我需要妳留下來。」

我縮了一下。我除了爲安珀一週打掃兩次外，還會幫她做些雜務，包括看顧她九個月的女兒歐麗芙。爲了可觀的報酬，我盡可能配合她，但她不太擅長事先約好。感覺起來，我這個托嬰工作只在有必要時才會讓我知道。而顯然我只在事前二十分鐘左右才有必要知道。

「我約好要去修腳。」她說話的方式，像是在說她要去醫院做心臟手術。「我不在的時候，需要妳看著歐麗芙。」

歐麗芙是個可愛的小女孩。我完全不介意照顧她——這是指平常。事實上，我有時還會爲此雀躍，因爲我可以靠安珀給的高額現金多賺點錢，讓我有個棲身之處，也不必從垃圾桶找東西吃。但現在我辦不到。「我一小時後要上課。」

「喔。」安珀先是皺起眉頭，但很快地讓表情一片空白。上次我來打掃時，她告訴我她讀了一篇文章，上頭寫到微笑和皺眉是皺紋形成的主因，所以她努力隨時保持面無表情。「妳不能蹺課嗎？課程沒錄影嗎？或者，妳能不能拿到課堂逐字稿啊？」

答案是否定的。再者，過去兩星期以來，爲了安珀在最後一秒要我照顧小孩，我已經缺了兩堂課。我一直想拿到學士學位，這堂課，我必須拿到上得了檯面的成績。更何況我喜歡這個科目。社會心理學很有趣。及格與否對獲取學位很關鍵。

「如果不是因爲很重要，」安珀說：「我也不會要求妳。」

她對「重要」的定義也許和我不同。對我來說，「重要」的是從學校畢業，拿到社工學位。我不知道修腳怎麼會那麼重要。我是說，現在還是冬天，有誰會去看她的腳？

「安珀。」我開口想說話。

這兩個字像是提示，起居室裡傳來高亢的哭嚎聲。儘管這時不是我照顧歐麗芙的時間，但我通常不管身在何處都會稍微留意她。安珀一星期和朋友帶歐麗芙到遊樂場三次，而其餘時間，她好像一直在策畫如何擺脫孩子。她曾經向我抱怨迪高先生因爲她沒外出工作而不願雇全職保母，所以她以一連串托嬰照顧來取代，而這些責任通常落在我身上。不管怎麼說，我開始打掃時，歐麗芙會在她的遊戲圍欄裡，而我在吸塵器聲響催她入睡前都會待在起居室。

「米莉。」安珀語氣尖銳地喊我。

我嘆口氣，放下手上的海綿；感覺上，最近這海綿像是和我的手融成了一體。我到水槽洗手，把手在藍色牛仔褲上擦乾。「我來了，歐麗芙！」我大聲說。

進到起居室時，我看到歐麗芙把自己拉上了圍欄上方，悽慘地大哭，一張小圓臉脹得通紅。歐麗芙是那種會出現在嬰兒雜誌封面上的寶寶。她完美無邪又活潑可愛，但午睡過後，金黃色鬈髮全壓到的臉頰左側的她，沒那麼天真可愛了。她一看到我，立刻舉起雙手，哭聲也平息下來。

我伸手到圍欄裡將歐麗芙抱出來。她把哭濕的小臉埋到我的肩頭，這時，我覺得就算缺一堂課，似乎不是什麼嚴重的事。我也不知道自己是怎麼搞的，但自從我滿三十歲後，體內像是有個開關打開來了，讓我覺得嬰兒是全宇宙最可愛的生物。儘管歐麗芙不是**我的**寶寶，但我就是愛和她消磨時間。

「感謝妳，米莉。」安珀已經拿起外套，從門邊的衣帽架上抓起她的古馳皮包。「相信我，我的腳趾也感謝妳。」

是啦，最好是。「妳什麼時候回來？」

「我不會去太久。」她向我保證，但我們都知道這是個赤裸裸的謊言。「畢竟，我知道我的小公主會想我。」

「那當然。」我喃喃地說。

就在安珀翻皮包要找不知是鑰匙、手機或粉餅盒時，歐麗芙磨蹭著我，她抬起小圓臉，露出四顆小白牙對我笑。「媽媽。」她說。

安珀的手還放在皮包裡，整個人僵住了。時間像是暫停了一樣。「她說什麼？」

喔，這下要糟。「她說……米莉？」

歐麗芙顯然不知道自己製造了什麼麻煩，再次對著我咧開嘴，這次更大聲地說：「媽媽！」

安珀上了粉底的臉頰變成粉紅色。「她剛剛叫妳媽媽？」

「不是……」

「媽媽！」歐麗芙興高采烈地喊著。老天哪，妳停停好嗎，寶貝？

安珀把皮包丟到咖啡桌上，臉孔扭曲成憤怒的面具——我幾乎可以確定這會帶來皺紋。「妳是不是告訴歐麗芙妳是她母親？」

「沒有！」我大聲說：「我告訴她我是米莉。米莉。我相信她只是搞不清楚，尤其是因爲我……」

她瞪大了眼睛。「因爲妳比我更常在她身邊？妳是不是要這麼說？」

「不是！當然不是！」

「妳是想指控我是個**不合格**的母親嗎？」安珀朝我走了一步，歐麗芙開始警戒。

「妳覺得對我的女兒來說，妳比我更像母親？」

「不！絕對沒有……」

「那妳爲什麼告訴她妳是她媽？」

「我沒有！」我那豐厚的托嬰外快錢錢眼看就要飛了。「我發誓。米莉。我說我是米莉，只是這名字聽起來像媽媽。發音有點接近而已。」

安珀深深地、試圖冷靜地吸了一口氣。接著，她又朝我走來一步。「把我的寶貝還我。」

「當然……」

然而歐麗芙沒輕鬆放過這項任務。看到她母親敞開雙臂朝她走過來，她把我抓得更緊。「媽媽！」她貼在我的頸邊哭泣。

「歐麗芙。」我含糊地說：「我不是妳媽媽。**那**才是妳媽媽。」**就是妳再不放開，立刻會開除我的人**。

「這太不公平了！」安珀叫嚷著：「我餵她母乳超過一整個星期耶！這難道不算什麼？」

「我很抱歉……」

最後，安珀終於從我手中抓走歐麗芙，沒想到這孩子放聲大哭。「媽媽！」她伸出肥嘟嘟的雙臂找我，一邊尖叫。

「她不是妳媽！」安珀斥責孩子。「我才是。妳想看妊娠紋嗎？那個女人**不是**妳媽。」

「媽媽！」歐麗芙哭嚎著。

「米莉，」我糾正她：「是**米莉**。」

但這有什麼差別？她不需要知道我叫什麼名字。因爲過了今天，我再也進不了這屋子。我被開除了，句點。

2

即使在光天化日之下，從車站走回我位在南布朗克斯的公寓時，我還是用一隻手臂緊緊壓著皮包，另一隻手握住塞在口袋裡的防狼噴霧。在這一區，沒有太過謹慎這回事。

今天，在紐約最危險地區有個棲身的小公寓，已經夠我慶幸的了。如果我不趕快找個工作補足遭到安珀．迪高開除的損失（她也沒說要幫我寫推薦函），接下來，我最多只能寄望找個紙箱，睡在我現在這處破舊磚砌建築外的馬路上。

如果我當初沒決定去念書，到現在，多少也能存下一些錢。但我太蠢，何苦要選擇讓自己變得更好？

走到最後一個街區，我的球鞋踩到人行道上的泥漿，這時我感覺到身後有人跟著我。當然了，在這一帶，我一向極度警覺。但有時我會有強烈的感覺，覺得自己吸引來錯誤的注意。

比方說現在，除了後頸汗毛直豎，我身後還有腳步聲。而且我邊走，後面的腳步聲就愈大。無論我身後是誰，對方都在朝我接近當中。

然而我沒有轉身，只有把身上實用的黑外套拉得更緊，並加快腳步路過一輛大燈破了一個的馬自達汽車，經過漏水漏得滿街都是的紅色消防栓，然後走上五級高低不一的階梯來到我住的樓房大門口。

我早已拿好鑰匙。這裡不像迪高家在上西區的大樓有門房人員，只有個對講機和一把開門的鑰匙。我的房東藍道太太把公寓租給我時便再三叮嚀，不要讓人跟在我身後。「否則遭搶被姦都是妳自找的。」

我把鑰匙插進永遠卡卡的鎖孔時，腳步聲又更響了。一秒後，有個我無法忽視的人影籠罩上來。我抬起雙眼，看到一個穿著黑色軍用雨衣、深色頭髮略顯潮濕的二十五、六歲男人。他看來有些眼熟——尤其是左眉上方的疤痕。

「我住二樓。」看到我猶豫的表情，他提醒我：「二C。」

「哦。」我說。但我仍然不怎麼樂意讓他進門。

男人從口袋裡掏出一串鑰匙，在我面前搖得叮噹響，其中一把和我的大門鑰匙一樣。「二C。」他又說了一次。「就在妳樓下。」

我終於妥協，往門裡走了一步讓左眉上方有疤的男人進入我住的樓房；是說，如果他想，他大可輕輕鬆鬆推開我。我走在前面，步履艱辛地一級級爬上樓梯，一邊思考自己究竟該怎麼付下個月的房租。我需要新工作，現在就要。我本來兼差當酒保，也做了一陣子，但後來因爲照顧歐麗芙的薪資高太多而且每次都最後一秒才通知，讓我很難同時保有兩個工作。像我這樣的人不容易找到另一份工作。有以前的那些紀錄，我眞的難。

「天氣眞不錯啊。」左眉上方有疤的男人說道。他落後我一級樓梯，跟在後面。

「嗯嗯。」我說。我現在最不想談的就是天氣。

「聽說下星期又要下雪。」他加上一句。

「是嗎？」

「對，預測積雪會有二十公分高。算是春天前最後一場混亂。」

我實在裝不下去了。來到二樓時，男人笑著對我說：「那就祝妳有個愉快的一天。」他說。

「你也是。」我喃喃地說。

看著他穿過走廊走向他的公寓，我忍不住琢磨起我讓他進來時他說的話。二C，**就在妳樓下**。

他怎麼知道我住三C？

我扮個鬼臉，加快腳步走向自己的公寓。我再次先拿好鑰匙，而且一進去就緊緊關上門，轉動鎖頭再拉上門栓。關於他那句話，可能是我想太多，但再小心也不爲過，何況是住在南布朗克斯。

我的肚子咕嚕作響，但比起食物，我更想沖個熱水澡。在脫光衣服走進淋浴間之前，我先確認拉好所有窗簾。我從經驗中得知，滾燙熱水轉變成冰冷的水之前沒什麼緩衝時間。住在這裡的這段時間，我成了溫度調節專家。但是水溫在轉瞬之間就可以往下掉或拉高六、七度，所以我準備洗個戰鬥澡。我只是需要洗掉身上的髒汙。在城裡走了一整天之後，我的身上總會覆上一層黑色灰塵。我不敢想自己的肺會是什麼樣子。

我無法相信自己丟了工作。安珀那麼依賴我，我以爲我可以做到歐麗芙上幼兒園，甚至更久之後。我甚至開始覺得自在，覺得自己終於有了穩定工作與可以維生的收入。

現在我卻必須要找別的工作了。不，我要找的也許是好幾份工作，才能取代上一個。我不能在熱門托嬰 **app** 打廣告，因爲他們全都會進行背景調查。一旦進行調查，所有的工作機會也就吹了。沒有人會想要我這樣的人進他們家裡工作。

我現在的資歷還淺。因爲有一陣子，我的家事服務不只是打掃而已，我還爲幾個我負責打掃的家庭提供其他服務。但我已經洗手不幹，而且好幾年了。

嗯，沉迷在過去沒有意義。在前途渺茫時更是如此。

別再自哀自憐了，米莉。妳經歷過更糟的狀況，而且還能全身而退。

淋浴間的水突然變涼，我忍不住尖叫出聲。我伸手關掉水龍頭。剛剛已經足足沖了十分鐘熱水，比我預期的要好太多。

我裹上毛圈棉浴袍，沒費心穿拖鞋。濕濕的腳在走進廚房前留下一串印子，我這個廚房只能說是起居室的延伸。在迪高家的超豪華公寓裡，廚房、起居室和餐室都各自獨立。但在我的公寓全都塞在一個多功能空間，而且更諷刺的是，這個空間比迪高家任何廳室都小很多。他們家連浴室都比我整個起居空間大。

我把一壺水放到流理台上煮。我不知道晚餐要吃什麼，但最可能的，大概是把某種麵條——管它是拉麵、直條或螺旋義大利麵——丟進滾水煮。正在檢查我的選項時，我聽到有人在拍門。

我遲疑地拉緊浴袍腰帶，順手從櫃子裡拿出一包直條麵。

「米莉！」門後的聲音聽來低悶。「讓我進去，米莉！」

我縮了一下。喔，不好。

接著：「我知道妳在家！」

3

我不能不理拍門的人。

我往前走幾公尺來到門邊，背後又是一串濕腳印。我把眼睛貼向窺視孔。有個男人站在門口，雙手環抱在布克兄弟西服的前胸口袋上方。

「米莉！」這聲音已經轉變成低聲怒吼。「讓我進去，**就是現在**。」

我往後退了一步。有那麼一會兒，我用指頭按著太陽穴。但不可避免地，我一定得讓他進來。所以我伸手拉開門栓，轉開門鎖，小心翼翼地把門拉開一條縫。

「米莉。」他推開門，走進我家。他握住我的手臂。「妳搞什麼？」

我垂下肩膀。「對不起，伯克。」

我過去六個月的約會對象伯克．康寧漢看了我一眼。「我們約好今天一起吃晚餐的，妳不但人沒到，還不回訊息也不接電話。」

他的敘述完全正確。我稱得上是史上最差女友。伯克和我本來約好，在今天我下課後到雀爾喜區一家餐廳見面，但在安珀開除我後，別說我在課堂上幾乎無法集中精神，更別說是要外出用餐，所以我就直接回家了。但我知道如果我打電話告訴伯克我不想赴約，他一定會想說服我——他是律師，說服力超強。於是我打算發個訊息把晚餐之約改一天，但我一再拖延，然後又忙著爲自己難過，以致最後完全忘了這回事。

正如我說的，我是史上最差女友。

「對不起。」我再試一次。

「我一直在擔心妳，」他說：「以爲妳出了什麼事。」

「爲什麼？」

窗外傳來刺耳的警笛聲，伯克看我的眼神，彷彿我剛問了一個極其愚笨的問題。我一陣愧疚。伯克今晚可能有一大堆事要做，而我不僅讓他像個白癡在餐廳傻傻等待，現在還讓他特地跑來南布朗克斯確定我安好，白白浪費了一整個夜晚。

我至少欠他一個解釋。

「安珀．迪高開除我了。」我說：「所以，我等於是完蛋了。」

「眞的？」他揚起眉毛。伯克的眉毛是我看過的男人中最完美的，我深信他一定找過專業人士整理，但他不可能承認這種事。「她爲什麼開除妳？我以爲妳說她沒了妳什麼也做不成。妳不是說，她根本把女兒交給妳養。」

「沒錯。」我說：「她女兒一直叫我媽媽，於是安珀抓狂了。」

伯克瞪著我看了好一下子，接著忽然爆出一陣大笑。一開始我覺得受到冒犯，畢竟我剛丟了工作，他難道看不出這有多悲慘？

但沒多久，我發現自己也加入大笑行列。我仰頭狂笑，笑這整件事有多麼荒謬。我記得歐麗芙朝我伸手哭喊「媽媽」時，安珀愈來愈生氣。到最後，我真的以為，若是安珀腦子裡有個動脈瘤什麼的，恐怕會啪一聲直接爆裂。

一分鐘後，我們兩個人都笑到擦眼淚。伯克用雙臂圈住我，把我拉近，不再氣我放他鴿子。伯克不是容易生氣的人。大部分人會把這個特質算成是優點，但我偶爾卻希望他能多展現一點熱情。

然而，一般來說，我們目前還在這段關係最甜蜜的時刻。六個月。感情中有比剛交往六個月更美好的時候嗎？我是眞心好奇，因為這是我人生第二度來到這個標界。但看來，六個月是擺脫初期尷尬，但仍會在對方面前表現最好一面的完美階段。

比方說，伯克是出身富裕家庭的三十二歲英俊律師，似乎完美無瑕。但我相信伯克一定有壞習慣，只是我還不知道是哪些。說不定他會用手指掏耳朵，然後抹在廚房流理台或沙發上。又或者，說不定他直接吃掉耳屎。我只是想說，他可能有一堆我不知道的壞習慣，其中有些可能與耳屎完全無關。

呃，他確實有一**個**缺點。他雖然是個高大健壯、臉色紅潤的年輕人，但他的心臟其實從小就有狀況。只是這似乎完全沒影響到他，最嚴重的程度也就只是每天吃顆藥。而這些藥丸重要到他會在我的醫藥櫃裡也放一瓶，以備不時之需。另外就是，他的病，以及對預期壽命的不確定性，讓他稍微比大多數男人更想安定下來。

「讓我帶妳去吃晚餐，」伯克說：「我想讓妳開心起來。」

我搖頭。「我只想留在家裡自悲自憐，然後也許再上網找一下工作。」

「現在就找？妳失業才幾個小時而已，不能至少等到明天嗎？」

我抬起雙眼瞪著他。「我們當中有人得賺錢付房租。」

他慢慢點頭。「好吧，但如果妳不需要為房租擔心呢？」

我有種感覺，我應該知道接下來會怎麼發展。「伯克……」

「好啦，妳為什麼不想住到我那裡，米莉？」他皺起眉頭。「我住在可以俯瞰中央公園的兩房公寓，在那棟大樓，妳不必擔心夜裡被人割喉。反正妳也常來……」

這不是他第一次建議我搬去和他同住，況且他的論點算是很有說服力。如果我搬到伯克家，我會住在奢華圈裡，日常花費一分錢也不必出。就算我想要，他也不會讓我出錢。我可以專心攻學位，成為社工人員，為世界盡一份心力。這種事似乎不必動腦筋就可以得到答案。

但每當我考慮說出「我願意」時，腦海裡就有個聲音尖叫著：**千萬不可以！**

我腦海裡的聲音和伯克的說服力旗鼓相當。搬去和他同住有許多好理由。但拒絕也有個好理由。他完全不認識真正的我。就算他真的會吃自己的耳屎，相較之下，我的諸多祕密更加嚴重。

所以儘管我置身於我成人生涯裡頭最正常、最健康的關係當中，我卻看起來彷彿決心要搞砸一切。我有點兩難。如果我把自己的過去和盤托出，他可能會離開我，而我最不想看到的就是這個結果。然而，若是我不說……

無論如何，他都會知道一切。我只是還沒準備好。

伯克開口抗議，但接著他想到更好的方法。他夠了解我，知道我能有多固執。看到了嗎？他已經摸清我幾個最糟的缺點。「至少告訴我妳會考慮。」

「我會考慮。」我說謊。

4

得到三星期以來的第十次面試機會之後，我開始緊張了。我知道一個人的銀行裡應該要有我現有的銀行存款甚至不足以支付一個月房租。我知道一個人的銀行裡應該要有六個月的預備金以防萬一，但說的比做的容易。我也想要有六個月的預備金。該死的，那怕是**兩個月**都好。可是我的帳戶餘額現在卻是連兩百美金都不到。

我不知道前九次應徵家事服務和保母工作是哪裡出了錯。有個女人保證她會雇用我，但過了一星期，我還是沒她的消息。其他人也一樣。我猜，她調查過我的背景，這終結了我的希望。

如果我是一般人，只要加入家事服務公司就不必經歷這些過程。但那些公司不會願意雇用我。我並不是沒試過。背景調查阻絕了所有可能性——沒有人會想要讓一個有犯罪紀錄的人待在自己家裡。因此，我才會上網登廣告，希望得到最好的結果。

對今天的第十次面試，我沒抱太大希望。我和一個名叫道格拉斯．蓋瑞克的男人有約，他住在上西區的大樓裡，就在中央公園西邊。那棟大樓是有好幾座指天尖塔的歌德式建築，有點像前是護城河環繞、內有火龍戒護的地方，而不是能從大馬路直接走進去的空間。

一名白髮門房為我拉開門時，輕碰他的黑色無邊帽向我致意。我對他微笑時，後頸又有種微微刺麻的感覺。像是有人在看我。

自從我被開除後回家的那晚起，這種感覺出現過好幾次。在我住的南布朗克斯區有這感覺，不無道理。因為在那裡，只要看似身上有錢的人，每處轉角都可能躲著伺機而動的搶匪；但這裡不一樣。在整個曼哈頓最奢華的地區，不可能有這種事。

踏進大樓前，我很快地回頭看背後。馬路上有十來個行人，但他們都沒在注意我。曼哈頓街上有許多獨特有趣的人物，而我不在其中。沒道理會有人盯著我看。

接著，我看到那輛車。

那是一輛黑色馬自達。紐約大概有幾千輛像那樣的車，但當我看到那輛車，卻有種似曾相識的感覺。我花了一秒鐘才意識到原因。那輛車的右邊大燈破了。我確定我看過一輛右邊大燈破了的黑色馬自達停在我的公寓附近。

有吧？

我看向擋風玻璃後方。車裡沒人。我壓低目光去看車牌。是紐約車牌，沒有特別之處。我花了點時間背下車號：五八F三二一。這個號碼對我沒有意義，但如果我再看到就會記得。

「小姐？」門房的問話將我拉回現實。「妳要進來嗎？」

「喔。」我掩嘴咳了一聲。「要。要，抱歉。」

我走進大樓大廳。裡頭的照明不是天花板嵌燈而是大型吊燈，兩側牆面的幾盞燈更營造出火炬的效果。低低的天花板折曲成圓頂，我有種宛如進入隧道的感覺。牆面裝飾的藝術作品要價不菲。

「妳來這裡找哪位，小姐？」門房問我。

「蓋瑞克家。二十A。」

「啊。」他對我眨個眼。「頂樓。」

喔，好極了——頂樓豪宅。我何必浪費時間？

門房先打電話上樓確定我有約，接著走進電梯，插進一把特殊鑰匙讓我能上到頂樓。電梯門一關，我迅速檢視自己的外表。我的一頭金髮已理順紮成簡單的髮髻；身上穿的是我最好的黑色寬褲，搭配毛衣外套。正準備要調整胸部時，我注意到電梯裡有攝影機。我可不甘願讓門房免費看真人秀。

電梯門一開，直接是蓋瑞克家頂樓豪華公寓的門廳。我踏出電梯，深吸了一口氣，幾乎能聞到空氣中富裕的味道：昂貴的古龍水混和了嶄新百元鈔票的香氣。我在門廳裡站了一下，不確定是否自己應該在主人正式接待前進去探險，於是我把注意力放在白色展示台上的灰色雕像。這雕像基本上只是個大型的直立光滑石塊，那種在紐約任何公園裡都能看到的石塊。

「米莉？」我先聽到聲音，幾秒鐘後，有個男人現身在門廳裡。「米莉．卡洛威？」

今天要我來面試的是蓋瑞克先生。很少有男主人打電話找我。在家事服務方面，第一個與我聯絡的幾乎都是女性。但蓋瑞克先生似乎急著想接待我。他快步走到門廳，嘴邊掛著笑，已經伸手要相握。

「蓋瑞克先生？」我說。

「請叫我道格拉斯。」他說，強壯的手掌滑入我的手中。

道格拉斯．蓋瑞克看來正是那種會住在上西區頂樓豪宅的人。他約莫四十出頭，長相是那種古典的雕鑿俊美。他的穿著看來極度昂貴，深棕色頭髮修剪得很有型。靈動深邃的棕色眼眸和我適度地目光相接。

「很高興認識你……道格拉斯。」我說。

「非常感謝妳今天過來。」道格拉斯．蓋瑞克對我展露感謝的笑容，帶我走進寬大的起居室。「我太太溫蒂通常會打理家務——試著打點一切讓她引以爲傲——但她最近身體不適，所以我堅持找個人來幫忙。」

他最後幾句說詞讓我覺得奇怪。住在這類頂樓豪宅的女人通常不會親手「試著打點一切」。一般而言，連這些女人的女僕都有傭人可以使喚。

「那當然。」我說：「你之前提到你們在找能下廚、打掃的人……」

他點頭。「就是一般家務，比方打掃、整理，送洗衣服。另外一星期準備幾次晚餐。妳覺得這會給妳造成不便嗎？」

「一點也不會。」他說什麼我都可以答應。「我提供家事服務有好幾年時間了。我可以自備清潔用品，而且——」

「不必，沒那個必要。」道格拉斯打斷我。「我太太……溫蒂對清潔用品的要求非常特別。妳知道，她對味道很敏感，氣味會引發她的症狀。妳必須使用我們的清潔用品，否則……」

「那當然。」我說：「我都聽你們的。」

「太好了。」他的肩膀鬆了下來。「而且我們需要妳立刻開始。」

「這沒問題。」

「好，太好了。」道格拉斯抱歉地微笑。「因爲，妳也看得出來，這地方有點亂。」

走進起居室時，我仔細觀察周遭環境。這間頂樓豪宅和這棟建築的其他部分一樣，都給我一種像是被帶回過去的感覺。除了奢侈的皮沙發外，大多數家具看來都像是幾百年前就製作好，然後凍結在時光中，以便運送到這個起居室。假使我對居家裝潢有更深的認識，說不定可以精確地指出咖啡桌是二十世紀初期的手工雕刻品，或是玻璃門書架是屬於法國新古典復興主義時期之類的。不過，我唯一能確定的，是每件單品都所費不貲。

我還知道的另一件事，是這個家一點也不亂。如果要開始打掃，我還真不知道該做什麼。我想我會需要拿個顯微鏡來找灰塵。

「你什麼時候想要，我都樂於配合。」我小心地說。

「好極了。」道格拉斯認同地點頭。「很高興聽到妳這麼說。妳何不坐下，我們來進一步聊聊？」

我坐在道格拉斯旁邊的沙發上，沉沉地陷進柔軟的皮革裡。喔，老天爺，這是我皮膚接觸過最美好的東西了。我可以拋棄伯克，改跟這座沙發結婚，人生就此一切圓滿了。

道格拉斯清了清喉嚨，濃密棕色眉毛下那雙深邃的眼睛熱切地望著我。「說說妳自己的事吧，米莉。」

讓我感激的是他的語氣中從頭到尾沒有一點曖昧的暗示。他的目光規矩地固定在我的雙眼上，沒有往下飄向我的胸口或雙腿。我以前只有過一次跟雇主發展出關係，而我絕對、絕對不會再走上**那**條老路。我寧可拿鉗子拔掉自己的牙齒，也不要了。

「嗯。」我清清喉嚨。「我現在是社區大學的學生，將來想成爲社工，與此同時，我必須自己賺學費。」

「讓人欽佩。」他微笑著，露出一排整齊的白牙。「妳有烹飪經驗？」

我點頭。「我之前幫很多雇主下廚。我雖然不是專業廚師，但是上過幾堂課。我還……」我環顧四周，看不出這裡有孩子同住的痕跡。「……可以照顧嬰兒？」

道格拉斯有些退縮。「這倒不需要。」

我咒罵自己大嘴巴，也跟著縮了一下。他一直沒提到要我照顧嬰兒。我說不定踩到某些不育問題的痛點。「對不起。」我說。

他聳聳肩。「沒問題。四處看看好嗎？」

蓋瑞克家豪華的頂樓公寓讓安珀的超級公寓相形見絀。頂樓公寓的等級完全不同。起居室至少有奧運標準泳池大小，角落設置的酒吧旁圍著五、六張古董吧台椅。相較起居室的懷舊主題，廚房倒是配備了先進設備，包括，反正我相信，這裡一定有市面上最頂級的食物乾燥機。

「這裡應該應有盡有。」道格拉斯告訴我，手一揮，介紹寬敞的廚房。

「看起來很完美。」我交叉手指，但願烤箱有說明書，講解面板上那二十來個按鈕各有什麼用途。

「很好。」他說。「現在我帶妳到樓上看看。」

還有樓上？

曼哈頓**沒有**樓中樓公寓。但顯然蓋瑞克家有。道格拉斯帶我到樓上，參觀了至少五、六間房。主臥室大到必須拿著望遠鏡，才能看到房間另一頭的那張加大雙人床。

另一個房間裡有一座放滿枕頭的牆面，我猜那是專門放枕頭的房間。

他又帶我走進一間裡頭有座肯定是假火爐的房間，而另一個房間可以透過整面落地窗看到令人屏息的紐約天際線。來到最後一扇門前，他遲疑了，不確定是否該敲門。

「這間是我們的客房。」他告訴我。「溫蒂在裡面休養，我應該要讓她休息吧。」

「很遺憾，你太太病了。」我說。

「我們婚後，她大半時間都在生病。」他解釋。「她有……慢性病。時好時壞。有時候她和平常沒有兩樣，但有些時候她幾乎沒辦法下床。而其他日子……」

「怎麼樣呢？」

「沒事。」他勉強露出笑容。「總之，那扇門，不要開。別去打擾她。她需要休息。」

「我完全了解。」

道格拉斯盯著門看了一會兒，露出憂心的表情。他用指尖碰門，然後搖搖頭。

「所以，米莉，」他說：「妳什麼時候可以上工？」

5

一九六四年，一位名叫凱蒂．吉諾維斯的女性遭人殺害。

凱蒂，二十八歲，工作是酒保。某天凌晨三點左右，她在位於皇后區的公寓外大約三十公尺處慘遭強暴並刺傷。她哭喊求救，儘管有幾名鄰居聽到她的哭叫，卻沒有人出面協助。攻擊她的人——溫斯頓．莫斯理——先是很快離開，隨後在十分鐘後回到她身邊又刺她好幾刀，拿走她身上的五十塊美金。最後，她死於刀傷。

「吉諾維斯在三十八名證人面前遭到攻擊、強暴和謀殺。」金卓瑞德教授在講堂上說：「三十八個人看到這場攻擊，卻沒有一個人出面協助或報警。」

我們這位六十來歲的教授老是一頭沖天亂髮。他看著我們每個人，眼光帶著指控，彷彿我們是那三十八個人，就這麼冷眼看著凱蒂死去。「這就是，」他說：「旁觀者效應，這個社會心理現象指的是當旁觀者愈多，願意提供協助的人就愈少。」

教室裡的學生不是抄筆記就是敲打筆電。只有我光是對著教授看。

「試想看看，」金卓瑞德教授說：「三十多個人袖手旁觀，任由一名女性遭人先姦後殺。這完全展現了團體中的責任分散。」

椅子上的我坐立難安，想像自己在那種情況下——看到窗外有個男人攻擊女人——會如何反應。我不會什麼事都不做，這是一定的。如果有必要，我會立刻跳出窗外。

不。我不會那麼做。我已經學會更進一步的自制。但我會打電話報警。我會帶把刀子出去。我不會拿刀做什麼，但這足以嚇退攻擊者。

走出講堂時，我想著那名在超過半世紀前被殺的女孩，身子還忍不住發抖。到了馬路上，我差點從伯克面前走過去，以致他不得不追上來握住我的手臂。

哎呀，對喔。我們約好一起晚餐。

「嘿。」他咧嘴對我笑，露出我看過最白的牙齒。我從來沒問過他是否特別去漂白牙齒，但他肯定有。正常的牙齒不可能天生就那麼白，那太沒有人性了。「我們今天晚上要慶祝，對吧？妳找到新工作了。」

「對。」我擠出笑容。「抱歉。」

「妳還好嗎？」

「我只是……剛剛那堂課讓我心煩意亂的。教授說到在一九六〇年代，有個女人在三十八個旁觀者面前遭人強暴，而那些人就只是袖手旁觀。怎麼可能發生那種事？」

「凱蒂．吉諾維斯，對嗎？」伯克彈指。「我記得大學時在心理學課堂上聽過這個案子。」

「對。好可怕。」

「但那是胡扯。」他握住我的手。他的掌心好溫暖。「這個故事經過《紐約時報》用聳動的方式處理過了，實際的證人人數比報導上少得太多。而且，由他們住的公寓位置來判斷，大部分證人沒辦法親眼看到眞正的事發經過，便以爲只是情侶爭吵。況且其中有不少人確實打過電話報警。我記得，當救護車抵達時，還有個鄰居抱著她。」

「喔。」我覺得自己有些常識素養不足，每當伯克在某件事上懂得比我多，我就會出現這種感覺。事實上，這經常發生。據我所知，這傢伙無所不知。這是讓他如此完美的原因之一。

「但這麼一來，故事就沒有那麼聳動了，對吧？」伯克鬆開手，改用手臂環住我的肩膀。我在商店櫥窗上看到我倆的倒影，忍不住心想，我們看起來眞般配。我們看起來就像會邀五百名賓客參加婚禮、在郊區的白圍籬裡有棟房子，然後準備在家裡生養一堆小孩的佳偶。「無論如何，妳都用不著爲發生在幾十年前的事情難過。妳眞的是……有點太善良了，妳知道嗎？」

我一直有這種渴望，想幫助陷入困境的人。不幸的是，這麼做有時也會給自己帶來麻煩。如果我眞的像伯克想的那麼善良就好了——他一點也不懂。「抱歉啊，我就是忍不住。」

「我猜這是妳想當社工的原因。」他對我眨眨眼。「除非我能說服妳從事更有利可圖的行業。」

我的前男友是說服我走向社會工作的人——如此一來，我才可以在合乎法律的範疇之內協助有需要的人。**妳必須幫助每個人，米莉。這是我愛妳的地方。**他眞的懂我。不幸的是他不在了。

「總之，」伯克收緊環住我肩膀的手臂，「我們就別再想那些在六〇年代被殺的女人了。說說妳的新工作吧。」

我爲他描述蓋瑞克家令人印象深刻的頂樓豪宅。當我說了景觀、地點和樓中樓之後，他低低吹了聲口哨。

「那戶公寓一定値一大筆錢。」我們走到馬路上，閃避差點撞倒我們的腳踏車。依我看，這個城市的腳踏車騎士完全無視交通號誌或行人。「我猜他們至少要付兩千萬美金。那是至少。」

「哇，眞的嗎？」

「絕對要。他們最好給妳優渥的薪水。」

「確實有。」當道格拉斯和我討論時薪時，我都覺得自己眼前跳出了美金符號。

「妳剛剛說雇用妳的傢伙叫什麼名字？」

「道格拉斯．蓋瑞克。」

「嘿，他是貨幣斯托克公司的執行長。」伯克彈指。「他聘僱我們事務所協助處理專利時，我見過他本人一次。他真的是好人。」

「對，他看起來人很好。」

他看來確實很好。但我無法不去想二樓那扇關上的門。那個甚至不能出來見我的妻子。儘管這份工作讓我期待，但我總覺得有些不安。

「還有，妳知道嗎？」伯克拉我走到斑馬線上——號誌燈在閃，馬上要變紅燈，我們及時穿過馬路。「那棟大樓離我住的地方只隔五個街區。」

暗示，又是暗示。

我當然知道蓋瑞克家的頂樓公寓離伯克的公寓有多近。我感覺到和剛才在課堂上一樣的侷促不安。伯克變得很堅持。他想要我搬去和他一起住，而且對這個話題十分執著。但我擺脫不掉那種感覺：如果他真的認識我，他不會想要和我同住。而我喜歡和伯克相處，我不想毀掉這段感情。

「伯克……」我說。

「好，好。」他翻個白眼。「聽我說，我不是要逼妳。如果妳還沒準備好，還不打算搬進來，那也沒關係。但我要說，我覺得我們會是理想的一對。況且妳有半數夜晚都待在我家，不是嗎？」

「嗯哼。」我盡可能不表態。

「還有……」他對我亮出潔白的牙齒。「我爸媽想見妳。」

這下好，我快吐了。雖然他一直纏著我搬去和他住，但我沒想過他會和他父母提起我。他當然會提。他可能每星期打電話回家一次，時間固定在星期天晚上八點，報告所有與他完美人生相關的細節。

「喔。」我無力地說。

「而且我也想和妳爸媽見面。」他補充道。

這可能是讓他知道我和雙親關係疏離的絕佳時刻。但我就是想不出該怎麼說。好難。上一個和我約會的男人從一開始就知道我的一切，我根本不必提我複雜的過去——要我坦承一切的可怕時刻從沒發生過。而且正如我說的，伯克是那麼……完美。有關他並非完人的一些事都是無足輕重的細節，比方，他有次在我家用過廁所後忘了放下馬桶坐墊。不過，即使那種事，也只出現過一次。

伯克的問題是他已經打算安定下來。而我雖然與他同年，卻還沒有這個計畫。他也不想再等下去。他在一流法律事務所工作，賺的錢養家綽綽有餘。儘管他上次心臟科回診確認了他的健康狀況良好，卻仍然擔心自己沒辦法活到這個國家白種男性的預期壽命。他想趁自己還能享受時趕快結婚生子。

與此同時，我覺得自己好像還在成長。畢竟我還在念書，還不準備結婚成家。我就是……我辦不到。

「沒事的。」他停下腳步看著我——走在我們身後的男人幾乎撞上來，繞開後邊罵邊繼續走。「我不想催妳。但妳得知道，我爲妳瘋狂，米莉。」

「我也爲你瘋狂。」我說。

他握住我的雙手，看進我眼底。「事實上，我有點愛妳。」

我的心跳加速。過去，他說過他爲我瘋狂，但他從未說過他愛我。連「有點」都沒有。

我張嘴但不太知道該說什麼。在說出任何話之前，我的後頸又有那種刺痛的感覺。

我爲什麼老覺得有人看著我？我瘋了嗎？

「嗯，」我最後說：「聽來有點甜蜜。」

我不打算回他相同的話。伯克對我的了解還不夠深，在這個時候，我不能在我們的關係中踏出下一步。幸好他沒有逼我。

「走了。」他說：「我們去吃壽司。」

也許，到了某個時間點，我也必須告訴他我不愛吃壽司。

6

這是我到蓋瑞克家工作的第一天。

道格拉斯已經通知了門房讓我進門，還複製一把鑰匙留給我開啓電梯通往頂樓。電梯嘎吱作響，一路往上升到二十樓。嗯，是十九樓。儘管公寓門號是二十A，但大樓少了第十三樓。這裡沒有不吉利的樓層。

抵達我的目的地時，電梯齒輪發出摩擦聲停了下來。兩扇門再次打開就是蓋瑞克家令人咋舌的豪華公寓。儘管道格拉斯說他們一星期只需要我過去打掃幾次，但這公寓看來不像有這個需要。這裡和紐約市所有公寓一樣會有灰塵，但除此之外，一切都很整齊。

「有人在嗎？」我大聲問：「道格拉斯？」

沒有人回應。

我再試一次：「蓋瑞克太太？」

我大膽走進起居室，這地方再度讓我覺得自己是漫步在來自一或兩個世紀前的空間。就算我拿出畢生積蓄，也負擔不起這裡任何一件古董家具。我自己的大部分家具都來自路邊。

我走向架在應該是假火爐上方的爐台。爐台上大概排著五、六張照片。每張照片裡都是道格拉斯．蓋瑞克和一名留著紅褐色長髮、瘦得跟竹竿一樣的女人；一張是兩人在滑雪坡道上、一張是兩人穿著正式禮服，另一張則看似在山洞前面。我仔細打量照片上應該是溫蒂．蓋瑞克的女人。我在想，不知道我是否會很快見到她？還是每次我來，她都會把自己鎖在房間裡呢？就算是後者，我也沒意見——我過去在工作時，也有許多連面都沒見過的雇主。

樓上傳來響亮的重擊聲，我從爐台邊跳開。我不想讓任何人以為我到處窺探。尤其不想讓溫蒂．蓋瑞克誤會，這絕對不會是個好的開場。

我離開爐台邊，看向樓梯口。樓梯間沒有人，我也沒聽到腳步聲，不像有人要下來的樣子。

我決定先洗衣服。道格拉斯讓我看過，放他們髒衣服的柳條編籃就放在主臥室裡。等洗衣機啓動後，我再開始處理其他雜務。

我踏上拋光木頭階梯走向主臥室。在衣帽間裡，我找到了那天道格拉斯指給我看的柳條大編籃。打開柳條編籃時，我嚇了一跳。

我替雇主洗衣服這麼久，看過的東西無奇不有：有沒丟進洗衣籃，而是四散在籃子外的髒衣物；有沾上巧克力漬、油漬，甚至是我相當肯定是血漬的髒汙。但我從來沒看過蓋瑞克家這種。

所有髒衣服都**折了**起來。

我瞪著看了好一會兒，試著去理解自己有沒有搞錯。也許這裡面是洗好待收的衣服。畢竟髒衣服又何必折呢？

但這是道格拉斯指給我看的洗衣籃沒錯。所以我必須假設這些是髒衣服才對。

我提起洗衣籃，把籃子拉出主臥室。正當我沿著走廊要走向洗烘衣機時，我注意到客房的門開了一條縫。

「蓋瑞克太太？」我喊道。

我瞇著眼睛看向門縫，依稀辦認出一隻綠色眼睛。這眼睛瞪著我看。

「我是米莉。」我正想抬手，這才發現自己提著洗衣籃不可能做出這個動作，於是我放下籃子。「我是新來的清潔人員。」

我走向那扇門，準備伸出手，但手還沒伸遠，門縫就消失了。門關了起來。

呃，好吧……

我明白，有些人不怎麼擅長社交，**尤其是**不喜歡和清潔人員交際。但她難道不能打聲招呼？省得我尷尬地站在走廊中間？

話說回來，這是她家。而且道格拉斯告訴過我，她生病了。所以我不打算強迫她和我見面。

不過，如果我敲門告訴她我的名字，真會有那麼糟嗎？

但是，不——道格拉斯說過，要我別打擾她。所以我不會去敲門。我會洗好衣服，替他們準備晚餐，然後拍拍屁股走人。

7

我先啓動洗衣機，稍微整理一下樓上（雖然實在沒太多需要打掃的地方），然後下樓到廚房與晚餐奮戰。

幸好，冰箱門上有一張特別留給我的清單。這張列印的清單是本週菜單，上面有食譜和採買指示。清單上有幾行手寫字跡——看起來像是出自女性，但這很難判斷。我讀著指示，對工作的熱情逐漸消失：

星期二，肝醬採購日，下午四點前到奧利佛熟食店購買。如果只有肉醬，請勿購買。要改到法蘭索瓦美食店購買肝醬。肝醬必須搭配從倫敦市場買來的小農麵包，切成厚片後輕輕塗抹，上面佐以跟羅宥先生買來的法式酸瓜。

我滿腦子問號：什麼是該死的肝醬？法式酸瓜又是啥？至少我能確定麵包是什麼。只不過，爲什麼要去四家店鋪買這三樣食材？還有，羅宥先生是人名還是店名？

往好處想，需要我發揮創意的空間不大。食譜依日期區分，所以我只要找到今天的日期，開始準備今天的晚餐……

康瓦爾春雞。好，這會很有趣。

兩小時後，我已經收拾好洗乾淨的衣服。康瓦爾春雞在烤箱裡烤著，我不得不說這道菜聞起來實在不錯。我在餐室裡擺好了兩個人的餐具，所以現在我只要站在廚房裡，兩手拇指相互繞圈坐等食物就緒即可。但願春雞能在用餐時間——準七點整——上桌。

就在我拉開烤箱檢查春雞時，電梯門吱一聲打開——這噪音在一公里外都聽得到。門廊處傳來重重的腳步聲，而且愈來愈響。「溫蒂！」道格拉斯的聲音在公寓裡迴盪。「溫蒂，我回來了！」

我走到廚房門口，看著二樓的樓梯井。我等了一下，等著聽客房門拉開的聲音，希望終於能看到大名鼎鼎的蓋瑞克太太，但我什麼也沒聽到。

「你好。」我走出廚房，在牛仔褲上擦手。「你們的晚餐快好了——我保證。」

道格拉斯站在起居室裡，雙眼看著樓梯。「太好了。非常感謝妳，米莉。」

「不客氣。」我跟著他的目光看過去。「你要我去請蓋瑞克太太下來嗎？」

「嗯。」他把視線往下拉，看著維多利亞式橡木餐桌上的兩套餐具。那張桌子，要說是女王本人曾在這上頭用餐都不爲過。「我有種感覺，她今晚應該不會和我一起用餐。」

「需要我端餐盤上去嗎？」

「沒必要，我會幫她送。」他撇嘴笑。「我猜她還是不舒服。」

「當然。」我喃喃地說。「我去把食物從烤箱裡拿出來。」

我快步回到廚房檢查食物。我從烤箱裡取出一隻春雞，若要我說，這春雞看起來美味極了。我是說，就理論來說應該好吃。畢竟，我不但從來沒烤過春雞，甚至之前連聽都沒聽過這個食物。

我又花了十分鐘依照特殊指示切割這愚蠢的食物，最後，我終於弄好兩盤美觀的食物。我把雞肉端到餐室時，正好看到道格拉斯走下階梯。

「她好嗎？」我把兩個盤子放在餐桌上。

他先是安靜了一下，彷彿在考慮該怎麼回答。「今天不怎麼順利。」

「我很遺憾。」

他聳肩。「這也莫可奈何。但謝謝妳今天的幫忙，米莉。」

「沒問題。你要我幫蓋瑞克太太把盤子端上去嗎？」

我不知道這是否出自我的想像，但聽到我的建議，他似乎抿緊了嘴。「妳剛剛問過了，而我也說我會端上去，不是嗎？」

「是的，只是……」我克制住，不讓自己說出蠢話。他覺得我太多事，而且他的想法不算錯。「嗯，祝你今晚愉快。」

「是。」他含糊地說。「晚安，米莉，再次感謝妳。」

我拎起外套朝電梯走過去。我屏息等著電梯門開了又關，接著才垂下肩膀。我不知道爲什麼，但那豪華公寓讓我不安。

8

「說不定，」伯克說：「她是吸血鬼，不能在白天走出房間，否則會化成灰。」

我把蓋瑞克家的所有狀況告訴了伯克，而晚飯前，在他公寓裡喝開胃酒時，他提出一些非常沒有幫助的見解，來解釋為什麼我已經去了蓋瑞克家五、六次，我又十分確定溫蒂．蓋瑞克就在客房裡，她卻一次也沒有踏出來。上次房門拉開一道縫就是我離她距離最近的一次。

「她不是吸血鬼。」我說道，挪動盤坐在伯克沙發上的雙腿。

「妳怎麼曉得。」

「我就是知道。因為吸血鬼不存在。」

「那狼人呢？」

我啪一聲打在伯克的手臂上，他手上的酒差點潑出來。「那更沒道理。為什麼她是狼人就得留在臥室裡？」

「好吧，那也許……」他陷入深思。「也許她脖子上繫著綠色緞帶，假如有人解開緞帶，她的腦袋就會掉下來？」

我啜了一口伯克倒給我的昂貴葡萄酒。高價酒比便宜貨好喝，但我永遠品嚐不出所有微妙的風味，例如哈密瓜、薰衣草或天知道什麼味道。他老愛問我這題，如今我只得謊稱我能分辨得出來，但事實上我不能。對葡萄酒，我只是**假**懂。

「我覺得詭異，就是這樣。」我說。

「嗯，所有我想到的推測都告訴妳了。」他伸出手臂環住我，將我擁到他身邊。「所以，如果不是吸血鬼，也不是狼人或斷頭女郎，**妳**覺得他們家出了什麼事？」

「我……」我把酒杯放在咖啡桌上，咬著下唇。「老實說，我一點概念也沒有。但就是有股不祥的感覺。」

伯克看著桌上我幾乎全滿的酒杯，似乎有點分心。「妳不把酒喝完？」

「不知道。大概不會吧。」

「可是，這是昆達瑞利酒莊的酒啊。」他說，彷彿這話足以解釋一切。

「我大概不渴吧。」

「渴？」我的說法像是讓他受創。「米莉，品酒不是爲了止渴。」

「好吧。」我拿起酒杯，又喝了一口。有時候我會納悶，搞不懂除了他說我漂亮之外，爲何想和我約會。他表現出來的樣子，像是有幸才能和我在一起。但那太離譜。我又不是什麼搶手的對象——他才是。「你說得對，這酒好極了。」

我喝光杯裡的酒，但事實上，我滿腦子都在想蓋瑞克夫婦。

9

我養成經過客房就豎耳聆聽的習慣。好管閒事。我知道我是，我不會否認，但我就是忍不住。在蓋瑞克家工作已經一個月了，我仍然沒有正式和溫蒂・蓋瑞克見過面。可是我聽過客房裡傳出聲音，而且至少三次發現房門開了一條縫。只是每次在我有機會自我介紹前，門就會重重關上。

說我想像力豐富，一點也不為過。在我提供家事服務的這幾年當中，我看過太多怪事。還有許多壞事。有一陣子，我甚至會試著去糾正壞事。但我很久沒那麼做了。

在恩佐離開後就沒有了。

這天我在走廊上打掃，清楚聽到客房裡有聲音。通常客房裡很安靜，但是這次不同。我停下來，手上拿著吸塵器，把耳朵貼在客房門上。這下子，裡頭的聲音更清楚了。

是哭聲。

有人在房裡哭泣。

我答應過道格拉斯不去敲門。但不知怎的，我突然想到凱蒂・吉諾維斯。沒錯，伯克說那是個過度誇大的故事，但我知道在一般人的人生中，難免會遇到壞事。

於是我用指節敲門。

哭聲立刻停下來。

「嗨？」我大聲說：「蓋瑞克太太？妳還好嗎？」

沒有回應。

「蓋瑞克太太？」我又問：「妳沒事吧？」

什麼聲音都沒有。

我改變策略。「除非我看到妳沒事，否則我不會離開。如果有必要，我會在這裡待上一整天。」

接著，我站在原地等待。

幾秒鐘後，我聽到門後傳來腳步聲。我往後退一步，房門拉開了大約五公分，一隻綠色眼睛往外看著我。果然，這隻眼睛的眼白部分布滿血絲，眼皮浮腫。

「妳、想、做、什麼？」眼睛的主人噓我。

「我是米莉，」我大聲說：「妳的清潔人員。」

她沒有回應。

「我聽到妳在哭。」我補充一句。

「我很好。」她緊繃地說。

「妳確定嗎？因爲我——」

「我相信我先生跟妳說過了，我身體不舒服。」她說得簡短。「我只想休息。」

「沒錯，但是——」

我還沒來得及說下去，溫蒂・蓋瑞克當著我的面關上門。我只好撤回我的關心。至少我試過了。

我拉著吸塵器，拖著腳步下樓梯。嘗試介入根本是浪費時間。這些日子，每次我對伯克提起這件事，他就要我管好自己的事。

就在我忙著收拾吸塵器時，電梯門嘎一聲打開。道格拉斯走進起居室，他低聲吹著口哨，穿著另一套貴得讓人心痛的昂貴西裝。他一手拿著一束玫瑰，另一手拿著一個藍色的長方形盒子。

「嗨，米莉。」想到他的妻子在樓上啜泣，他這麼爽朗似乎很奇怪。但是，如果他的妻子哭了，他應該會想知道，對吧？「你太太的情緒好像有點低落。我聽到她在臥室裡哭。」

他的臉頰出現紅斑。「妳沒有……和她說話吧？」

我不喜歡說謊，但同時，他的確交代過我別去打擾溫蒂。「沒有，當然沒有。」

「很好。」他的肩膀放鬆下來。「妳不應該去吵她。我說過了，她不舒服。」

「是的，你的確說過……」

「而且……」他抬起拿著藍色長方形盒子的手。「我有禮物送她。」他放下花束以便打開絲絨盒子，還把打開的盒子拿到我面前讓我看。「我覺得她會很喜歡。」

我低頭看著盒裡的東西。那是我看過最漂亮的手鍊，鑲嵌許多無瑕的鑽石。

「手鍊刻了字。」他驕傲地說。

「我相信她一定會喜歡。」

道格拉斯抓起花束上樓，我看著他的身影消失，接著聽到一扇門開了又關的聲音。

我實在看不懂。道格拉斯看似是個完美又忠實的丈夫。相反的，溫蒂從來沒離開過她的臥室。她可能在我沒過來時走出來，但我從來沒看過她完整的臉孔——照片上不算。

這個狀況不太正常，但我不知道哪裡不對。

但是，正如伯克說的，這不干我的事。我不該干涉。

10

妳今晚會過來嗎？

儘管我和道格拉斯早已約好，今晚要帶雜貨和整燙好的衣物到頂樓公寓去，但他還是會一如往常地傳簡訊確認。他非常有條理。況且考慮到他們付我的薪資，我總是立刻回覆。

——是的，我會到！

我今天沒課，所以下午的工作就是爲蓋瑞克夫婦採購，然後到他們家去打掃看不見的髒汙以及準備晚餐。到現在，我在他們家工作超過一個月了，已經了解許多他們的習慣。我手上有購物清單，我必須到曼哈頓去買他們要的東西。

昨晚，伯克要我到他那裡過夜。我最近常去他家過夜，因爲他的住處離頂樓公寓很近，離學校也不遠，但正因爲這樣，我更是想要拒絕他。如果我常待在他的公寓，那不就像是與他同居了？而那是我不能做的事。

總之，還不是時候。在我把實話告訴他之前不行。他理當得到這樣的尊重。但是我怕。我怕，如果伯克得知我的一切會抓狂，會立刻和我分手。我更怕的是當他位居上流社會的富爸媽知道後，會說服他拋棄我。伯克本人完美，他的家庭完美，而我離完美天差地遠，這實在是一點也不有趣。

我上一段關係是完美的對立面。我也不知道爲什麼，但那樣似乎比較適合我。若我的完美伴侶是恩佐·阿卡迪，我眞不知道這說明了我是個怎麼樣的人。

恩佐和我在一開始是朋友，那是四年前了，當時，我的一份工作在出乎意料之外的狀況下結束。我沒有太多朋友，所以，對於恩佐給我的扶持，我非常感激。後來，我們發展到兩人所有空閒時間都一起度過，此外，我們還幫助了大約十來個女人逃離她們受虐的關係。多數時間，我們只是替她們尋找適當的資源，但其他時候，我們則必須發揮一點想像力。恩佐會跟一些人聯繫，他們能讓這些女人取得新身分、無法追蹤的拋棄式手機，以及到遠方的機票。我們在毋須訴諸暴力的情況下，幫這些女人脫離對她們有害的關係。

呃，不對，那不是事實。如果我完全坦白，我得說，有少數幾次事情變得……有點複雜。恩佐和我都同意日後再也不要說起那幾次經驗。但我們做的都是不得不做的事。

就是恩佐說服我回學校攻讀社工學位。當時我還沒想清楚，原來他是想要讓我去過我從來不覺得自己有可能過的正常生活。即使我有入獄服刑的紀錄，我也依然可以擔任社工人員。我可以在法律允許的範圍內，去做我鍾愛的工作。

伯克喜歡說他和我是理想的一對。也許那是眞的。但是，恩佐和我**曾經**是眞正理想的一對：我們通力**合作**，且身負重任。除此之外，他是個慷慨、熱情又火辣辣的人。尤其是最後一項，我雖然盡力試著只當他是朋友，但我很難不去注意到他更表面的特質。當時，迷戀上那個男人讓我十分沮喪。

接著，在某個晚上，我在他的公寓裡和他分享一盒我們最愛餐廳的外送比薩（巧得很，同時也是最便宜的）。比薩上放著我們最喜歡的配料：義式辣香腸和雙倍起士。我記得他對著瓶口喝了一大口啤酒，朝著我微笑。**這眞好**，他說。

是啊，我同意。**這眞好**。

他把啤酒瓶放到咖啡桌上。我當清潔人員太久，每次看到有人不用杯墊，我就會有點暈眩。**我想和妳在一起，米莉**。

我和男人相處的經驗不多，但我不可能錯認他看我的方式。而且，如果我有任何懷疑，也在他傾身久久、留戀地親吻我時消失無蹤——這個吻讓我夢想了多年。當我們的嘴唇終於分開後，他低聲說，**也許我們可以花更多的時間在一起？**

除了好，我還能說什麼？沒有女人能拒絕來自恩佐·阿卡迪的這種請求。

有趣的，是我一直以爲恩佐不太可能安定下來，但是在第一個吻之後，他的眼裡就只有我。我們的關係發展迅速，每個晚上都共同度過，很快地，我們就決定住在一起。我們兩人一拍即合。我有學校，有和恩佐的關係，那段時間是我這輩子最快樂的時光。

我還記得一切破碎的那天。

我們坐在沙發上。這張沙發是恩佐從我們公寓前面的路邊拖回來的，但沙發還很好而且堪用（只有一處無法辨識的髒汙，但反正我們把墊子反過來坐，所以沒影響）。他用強壯的手臂環住我的肩膀，我們一起看《教父續集》，因爲恩佐不久前才驚恐地發現我沒看過教父三部曲。**這部片是經典，米莉！**我記得自己舒服地靠在他身邊，心想自己有多幸福，而且我男友比勞勃·狄尼洛性感太多。

然後，他的電話響了。

接下來的對話全是義大利文，我豎起耳朵，試著辨認一、兩個單字。Malata，他一次又一次地說。我最後只好輸入手機，查出來的翻譯是：

生病。

掛掉電話後，他帶著濃濃的腔調爲我解釋狀況——每當他緊張或憤怒時，口音就會變得更重。他的母親中風住進醫院，他必須回西西里看她，尤其是，他的父親和姊姊都過世了，他母親只剩下他一個親人。我很困惑，因爲他一直告訴我他永遠沒辦法返家，因爲在他離家前曾經赤手空拳把一個權貴打個半死，對方懸賞要他的命。

「你告訴過我，說你不能回去，」我提醒他。「你說如果你回故鄉，壞人會殺了你。你不是這麼說的嗎？」

「對，沒錯，」他說。「可是那個問題不存在了。那些壞人……被其他壞人解決掉了。」

我能說什麼？我男友的母親剛中風，我不能不讓他去探望他的母親。於是我只能祝福，而他在隔天就搭機離開。我陪他去機場，他親吻我像是有五分鐘之久，隨後才通過安檢，並向我保證他「很快」就會回來。

我沒想到他一去不回。

我相信他原本打算要回來——他不會故意騙我。一開始，我們每晚通電話，偶爾會聊得渾身上火。他會在電話那端低語，訴說他有多麼想我，說我們很快又會在一起。但他母親的病情沒有好轉。愈來愈明顯的事實，是他不可能離開，但他媽又不能到美國。

在整整一年沒有碰觸他，沒有看到他的臉之後，我終於直接問他：「老實告訴我，你什麼時候才回來？」

他嘆了一口氣。「我不知道，我不能抛下她，米莉。」

「但是我不可能永遠等下去。」我告訴他。

「我知道，」他哀傷地說。接著是：「我能體諒妳的立場。」就這樣，這段感情結束了。我們玩完了。於是，當伯克在幾個月後邀我出去時，我沒有理由拒絕。

和恩佐在一起，我的人生像是某種讓人興奮的冒險之旅，但現在我逐步走向我從來不覺得自己可能擁有的完美、正常人生。伯克不認識任何可以在二十四小時裡做出假護照的人——我想像，如果拿這種事問他，他會充滿震驚地看著我。

恩佐則是在**各種行業**都有熟人。每當我請他幫忙，他的名句是：**我認識一個傢伙**。

而現在呢，我做的是再正常不過的工作：去採買。雖然公平來說，道格拉斯的採購清單上沒一樣東西稱得上是正常的。道格拉斯今早以簡訊傳來清單，我檢視了頭幾項，開始為他指派我參加的尋寶遊戲大感頭痛：

- 佛手柑
- 蕨菜
- 拇指西瓜
- 燈籠果

我敢說，這些名稱一定是他憑空想像的。**拇指西瓜**？這種東西不存在吧？聽起來就像鬼扯。

我拿著採購清單，抓起外套走下樓。我不知道自己要花多久時間才能找到拇指西瓜，或弄清楚什麼是拇指西瓜，所以我最好給自己多一點時間。

來到樓梯間一樓平台時，我差點撞上住在我樓下的人。正樓下。就是那個左眉上方有疤的男人。看到他，我縮了一下。

「嘿。」他咧著嘴對我笑，左側門牙是顆金牙。他讓我聯想到《小鬼當家》中的喬·派西。我小時候最喜歡這部電影了。

「急著出門嗎？」

「對。」我抱歉地微笑。「不好意思。」

「別擔心。」他笑得更開了。「對了，我是薩維耶。」

「很高興認識你。」我說，刻意避免把自己的名字告訴他。

「米莉，對吧？」

呃，我的戰略失敗。我的胃部有些不舒服——這個男人知道我確切住在哪戶公寓，不知怎麼著他連我的名字也知道了。說不定我姓什麼他都知道。當然了，他很可能輕輕鬆鬆就從信箱上看到了。

時不時地，我仍然有種被監視的感覺。有些時候，我覺得這完全出自我的想像，但此時此刻，我不確定了。薩維耶對我的認識有些太深。他有沒有可能是……

天哪，我現在沒辦法思考這個可能性。先別說住我樓下的男人可能在跟蹤我，光是走在南布朗克斯馬路上就已經夠讓人提心吊膽了。也許我該接受伯克的提議，搬去和他同住。如果我搬到上西區，薩維耶可能會放過我。如果他不肯，他就得全力應付穿制服戴帽子的門房。這些門房不會輕易放過任何人。我在想，如果有必要，他們會把帽子拿來當回力鏢用。

「妳今天要做什麼？」薩維耶問我。

我走向門口。「去買點東西。」

「喔，是嗎？需不需要人陪？」

「不必了，謝謝。」

薩維耶看起來還有話想說，但是我沒給他開口的機會。我推開門，繞過他走出門。無論最後是不是搬去伯克家，我近期可能還是得搬家。有這個男人在附近，我覺得不舒服。我有種不好的感覺：他不是那種可以接受別人說不的人。

11

我抱著四個滿到快爆的購物袋來到蓋瑞克家。起先一切都好好的，但在我走到最後一個街區時，卻差點把所有袋子掉到地上。幸好上帝垂憐，我人沒事，拇指西瓜和所有東西也都沒事。（眞的有拇指西瓜這種東西，我是在一家西班牙農產品商店找到的。）

謝天謝地，我不必費力轉動門把，因爲電梯門一開，我就能走進頂樓公寓。我本來希望能一口氣走到廚房，但走到一半便不支地把所有袋子放到地上，讓自己喘口氣。如果我不小心摔破拇指西瓜，應該會當場坐在地上大哭。

正當我站在起居室，思考把雜貨運進廚房的最佳對策時，我聽到聲音。叫喊聲。

嗯，模糊的叫喊。我聽不出確切的字眼，但聽來像是有人在樓上臥室裡叫囂。我把購物袋留在原地，躡手躡腳走向樓梯，看是否能聽出樓上在做什麼。這時，我聽到碎裂聲響。

像是玻璃碎裂。

我扶著樓梯欄杆，準備上樓察看。但還沒踏上樓梯，樓上有扇門砰一聲甩上。接著樓梯上傳來漸響的腳步聲，於是我往後退了一步。

「米莉。」道格拉斯來到樓梯下方時突然停下。他穿著正式襯衫，臉色泛紅，像是領帶打得有點太緊——儘管領帶正鬆鬆地繫在領口。他的右手拿著一個禮物袋。「妳在這裡做什麼？」

「我……」我看向四個購物袋。「我帶了雜貨過來。我正打算收拾。」

他瞇起眼睛。「那妳怎麼不在廚房裡？」

我懦弱地笑。「我聽到東西打破的聲音，我擔心……」

這麼說的時候，我注意到他別緻的襯衫裂了一道口子。而且看起來不像接縫綻線鬆脫。襯衫的前胸口袋也被用力扯了開來。

「一切安好。」他說得簡單扼要。「食材我會處理，妳可以走了。」

「好……」

我無法將目光從他撕破的襯衫上挪開。怎麼會這樣？這個人是執行長，不必做粗工。會不會是剛剛才在客房裡扯破的？

「還有……」他身出拿著禮物的右手。「請妳把這個拿去退。溫蒂不想要。」

接下粉紅色的小禮物袋時，我瞥見裡頭的絲質布料。「好的。收據在裡面嗎？」

「沒有，這是個禮物。」

「我……我覺得，沒有收據恐怕沒辦法退。東西是誰送的？」

道格拉斯咬牙說：「我不知道——我助理挑的。我會把收據副本用電子郵件發給妳。」

「如果是你助理挑的，由她去還會不會比較簡單？」

他歪著頭看我。「請問，替我跑腿不是**妳的**工作嗎？」

我猛然仰頭。打從我在這裡工作開始，這是道格拉斯首次以如此輕蔑的語氣和我說話。我一直覺得，他雖然緊繃、煩躁，但終究是個有教養的人。現在我意識到他有另外一面。

但話說回來，誰沒有不爲人知的一面？

道格拉斯・蓋瑞克瞪著我看。他在等我離開，但我身上的每個細胞都在吶喊著要我留下；說我該上樓察看，確定一切無礙。

道格拉斯走到我和樓梯之間。他環起雙臂，對我揚起濃密的眉毛。他不讓我過，就算我能過去，我也覺得當我去敲客房房門時，溫蒂・蓋瑞克會向我保證她很好。

於是，除了離開，我什麼也不能做。

12

走出地鐵站，在穿越五個街區的回家路上，我的後頸又出現刺痛感。

在曼哈頓——我工作、我男友住的高級地段——出現這種感覺可能是我想太多。但現在，在南布朗克斯，當太陽已經落下，多想一點是有益的常識。我的打扮低調，不引人注目。我穿的是大了至少一號的牛仔褲，灰色耐吉球鞋本來是白色，笨重的外套談不上時髦——穿深色就是想融入夜色——但與此同時，我明顯是個女人。即使我把金髮塞進無邊帽下，套著寬大的醜陋外套，多數人在大老遠外還是一眼就能看出我的性別。

總之我加快腳步往前走。況且我口袋裡還有一瓶防狼噴霧，一路上我五指緊緊握住瓶身。直到走進大樓關上門後，刺刺麻麻的感覺才消失。

是這樣的；在我的公寓裡，我**從來沒有**那種刺痛的感覺。我在蓋瑞克家的頂樓公寓打掃時也不會。只有我在室外時、在有人能真的看著我的時候，那感覺才會出現，因此才那麼真實。

再不然就是我瘋了。這也很有可能。

伯克發訊息問我想不想去他家過夜，我告訴他不想，我太累了。

我把伯克推出我的腦海，拿出信箱裡的幾封信和帳單。我怎麼可能有這麼多帳單？我明明是盡量不吃不喝沒用水電地過活啊。總之，在我把信件塞進皮包時，大樓的門鎖轉動了。很快地，一陣寒風吹進來，跟著走進門裡的，是那個左眉上方有疤的男人。

薩維耶。他說他叫這個名字。

「嗨，米莉。」他太愉快地說：「妳好嗎？」

「還不錯。」我僵硬地說。

我轉身朝樓梯走去，希望他留在原地檢查他的信箱。我運氣沒那麼好。薩維耶趕上來，想和我並肩爬樓梯。

「晚上有什麼計畫嗎？」他問我。

「沒有。」我全速衝向二樓，以便向薩維耶道別。

「妳可以過來，」他說：「看部電影。」

「我很忙。」

「不對，才沒有，妳剛剛說妳晚上沒有計畫。」

我咬著牙說：「我累了，我要沖個澡上床睡覺。」

薩維耶露齒一笑，金牙在梯間低矮天花板昏暗燈光下閃閃發亮。「需要人陪嗎？」

我轉開頭。「不需要，謝謝你。」

來到二樓樓梯平台，我以爲薩維耶會離開，但他竟然繼續陪在我身邊上三樓。我胃部翻攪，伸手到口袋裡摸防狼噴霧。

「爲什麼不需要？」他接著問：「拜託，妳不可能眞的喜歡那個老是過來找妳的富家子弟。妳需要眞正的男人。」

這次我不理他了。再過一分鐘我就到家了，我只要再撐一下。

「米莉？」

再五階。再爬五級階梯，我就能擺脫這個混蛋。四、三、二……

但接著，一隻手抓住我的手臂，有力的指頭扣住我。

我撐不到家門口。

13

「嘿。」薩維耶粗大的指頭緊緊扣住我的手臂。「嘿！」

我扭動身體，但他的手像鉗子一樣緊，他比外表來得強壯。我張嘴準備尖叫，但還來不及出聲，他就用手掌壓住我的嘴。我的後腦撞到牆上，撞得我牙齒咯咯作響。

「現在妳有話要說了是嗎？」他假笑著。「妳覺得我配不上妳，是吧？」

我想甩開他，但他用身體壓制我，我可以感覺到他鼓脹的褲襠。他舔舔他乾裂的嘴唇。「我們到裡頭開心一下，好嗎？」

但他犯了錯，他抓錯了手臂。我掏出防狼噴霧，閉上眼睛後把整瓶噴霧都噴到他臉上。他發出慘叫，他一放手，我就用盡全力推他。

我常抱怨這棟樓的樓梯太陡，但就這一次，陡峭的樓梯成了好處，讓薩維耶一路滾下去。他往下滾時，我先聽到一聲令人作嘔的破裂聲，接著他重重跌在樓梯下方，最後完全沒有聲音。

有那麼一會兒，我站在樓梯上方，往下瞪著癱躺在下一段樓梯平台的男人。他死了嗎？我是不是殺了他？

我跑下樓梯，在平台上停下腳步。我彎腰靠近看，右手握緊防狼噴霧。他的胸口還有起伏，仍在低聲呻吟。他還活著。他沒被撞到完全昏迷。

太可惜了。如果有人該摔斷脖子，那非他莫屬。

不，他沒死可能更好。

我一時衝動，先抽腿再用力踢他的肋骨。這次，他呻吟得更大聲了。**絕對**還活著。我又踢了他一腳當作附贈禮。接著再踢第三腳爲他送行。每次當我的球鞋碰到他時，我都會對自己微笑。

我看著下一排階梯。他滾下這排階梯時沒送命，我懷疑下一排會帶來什麼結果。或者第三排。他看起來不是太重。我敢說，我可以把他翻過去，然後……

不。老天哪，我在想什麼？

我不能這麼做。我已經在牢裡關過十年。我不打算回去。

我拿出手機，打電話叫救護車。我要討回公道，但不是透過殺害這個男人。

14

一小時後，警察和一輛救護車來到我的公寓外面。在這條馬路上看到警車不是什麼不平常的事，但這次警燈閃爍。

我本來希望他們能直接把薩維耶送進監獄，但他除了斷了一隻手、腦震盪之外，可能還斷了幾根肋骨。警察到時，他的神智已經比較清楚，甚至試圖站起來。好險警方及時到場，否則我可能得找個東西敲昏他。

我還很氣的是，沒有一個鄰居對我伸出援手。無論伯克怎麼評論凱蒂・吉諾維斯事件，我都能很肯定地說，當一個男人試圖在我公寓的走廊上強暴我時，沒有人出面阻止。說真的，這些人是怎麼了？

警方剛到場時，有個女警過來問我幾個問題，但後來他們要我回我公寓裡等他們處理現場。所以我乖乖聽他們指示。我打電話給伯克，告訴他有個鄰居想攻擊我，但我對自己逃脫的細節沒講得太明白。他已經在過來的路上。反正我哪裡都不能去，我得先提供警方正式證詞，以便他們處理過薩維耶的斷臂之後就把他送進監獄。我希望那混蛋需要動手術。

我從窗口清楚看到救護車開走。警方要我上樓後，我就一直在上面看。警方在外面找了我幾個鄰居談話，接著和躺在救護車裡的薩維耶講了許久之後，救護車才將他載走。大樓外還留著幾名正在講話的警員。我甚至無法想像這有什麼好講的。有個男人在我差幾秒就走進家門前攻擊我。事實非常明確。

接著，有一名警員指向我的窗戶。

一秒鐘後，其中一名警員走進大樓，我從窗口退開。我在牛仔褲上擦乾汗濕的手掌。我的手臂上還有薩維耶抓住我時留下的紅色痕跡，我敲到牆壁的後腦也還有些抽痛，但他的情況比我慘多了。

那是他應得的報應。

聽到敲門聲，我在一秒後就拉開門。站在外面的警員大概三十多歲，下巴上的鬍碴太密，臉上掛著像是生厭的表情。那副樣子，就好像他今晚不但處理過女人在自家門外梯間慘遭強暴的案子，而且薩維耶還是第五起。

「妳好。」他說：「請問妳是威廉米娜．卡洛威嗎？」

聽到他說出我的全名，我為之瑟縮。「是的。」

「我是史卡佛警員。我能進來嗎？」

我還坐牢時，所有女人都會說，假使有警察問能否進門，妳一定要拒絕。**別讓那些混蛋進門**。但話說回來，他們來這裡又不是為了偵訊我。於是我決定妥協——讓他進門但不請他坐下。

史卡佛不是事情發生後第一個和我說話的那名警員。之前是女警，而且她擁抱了我。我不認爲這傢伙會擁抱我，是說，我也不想。

「我得從頭問今晚妳和馬林先生之間發生的事。」史卡佛說。

「好。」我雙手抱在胸前，雖然暖氣反常地在運作中，但我突然覺得冷。

「你想知道什麼？」

史卡佛上下打量我。「事發當時，妳就是穿著這身衣服嗎？」

我不懂他在說什麼。他說得好像我穿著不當。我身上是一件T恤，搭配和稍早穿的同一件藍色牛仔褲。這件T恤是合身沒錯，但不是那種會引起任何注意的衣物。更何況這些根本不重要。「是的，只是外面還穿了一件外套。」

「嗯哼。」史卡佛扮個鬼臉，像是不相信我。彷彿我穿上超級性感的T恤和寬鬆的牛仔褲去勾引薩維耶。「把事情眞正的經過告訴我。」

於是我在今晚第三次敘述同一個故事。這次容易些了。當我描述他抓住我的方式時，我的聲音沒有顫抖。我抬起手腕當作證據，讓史卡佛看上面的紅色痕跡——儘管他明確表現出這沒什麼大不了的模樣。

「就這樣？」他說：「他只抓住妳的手臂？」

「不止。」我挫折地握緊拳頭。「我**說過了**。他抓住我，還推擠我。」

「比方說，他怎麼做？」

「比方把身體貼在我身上！」

他皺起眉頭。「有沒有可能是妳錯誤解讀了整件事？好比，他可能只是想表示友善？」

我瞪著他。

「因爲，是這樣的，卡洛威小姐。」史卡佛平視我的雙眼。「馬林先生說他只是和妳友善交談，妳就抓狂了。妳用防狼噴霧噴他，還推他下樓。」

「你在開我玩笑？」現在我想拿防狼噴霧噴史卡佛警員再把他推下樓。「事情的經過根本不是那樣！你眞的相信他？你站在**他**那邊？」

「呃，妳有個鄰居說妳站在他身邊，對準他的肋骨連續踢了好幾次。她不敢暴露身分。」

我張開嘴巴，卻只能發出短促的聲音。

「我們認爲馬林先生斷了幾根肋骨。」警員繼續說：「而且我們有證人看到妳趁他倒地昏迷時踢他的肋骨。所以，妳告訴我，我該怎麼想。」

我眞心、眞心希望我當初沒有踢薩維耶的肋骨。但那太誘人。而且我知道肋骨斷裂有多痛。「我只是太生氣。」

「妳爲什麼生氣？馬林先生認爲妳之所以生氣，是因爲妳和他調情，而他沒有回應。他說，妳是因此才攻擊他。」

我覺得彷彿有人出其不意地揍了我肚子一拳。或是揍了我肋骨。「我攻擊**他**？」

史卡佛揚起眉毛。「而且妳有犯罪紀錄，對吧，卡洛威小姐？妳有暴力行爲前科？」

「這簡直胡扯，」我倒抽一口氣，「那個男人攻擊我。如果我不自我防衛……」

「現在是這樣，」他說：「有關他是不是攻擊妳，你們各說各話，但有個證人說妳在他倒地時踢他。再加上骨折的人是他。」

我的雙腿開始搖晃。我突然希望我稍早的決定是請他坐下談話。「你們要逮捕我嗎？」

「目前馬林先生還沒決定是否要提出控訴。」史卡佛做了個表情，彷彿在說攻擊我的人絕對該提出控訴；彷彿他現在就想給我戴上手銬。「所以，在他做出決定前，我建議妳留在本地。」

我恨這個男人。那名女警去哪裡了？那名擁抱我，說薩維耶再也不能傷害我的女警呢？**她**去哪裡了？

聽史卡佛警員說完話，我帶他走向門邊。一拉開門，我就看到伯克穿著上班的服裝——天藍色正式襯衫和寬長褲——站在門外，抬手正準備敲門。史卡佛看見他，露出不自然的笑容但沒有評論。伯克看似想問警員問題，但幸好史卡佛似乎急著離開。

我勉強打起精神，把伯克拉進門裡然後關上門。一直到這時候，淚水才浮上我的眼眶。只不過，那不是哀傷的眼淚，而是**憤怒**的淚水。那個警察，他怎麼**敢**那樣和我說話？我在自己住的大樓裡受到攻擊，而不知道怎麼搞的，**攻擊我的人**竟然成了受害者？

「米莉。」伯克伸出雙臂抱住我。「天哪，妳還好嗎？我盡快趕過來了。」

我抽開身，無言地點頭。如果我開口，就沒法忍住眼淚了。而基於某種原因，我不想在伯克面前哭泣。

「我眞希望那個混蛋被關久一點。」他說。

我應該把事發經過告訴他。說出那個警員對我說的話。但如果我開口，我就不得不解釋原因。我必須讓他知道我有暴力犯罪前科，有服刑紀錄。以及所有爲何沒人相信我的原因。

如果恩佐在，事情就不同了。我可以一五一十告訴他，而他會懂。說不定他會卸下薩維耶的手腳，這點我不反對——應該說我大大贊成。我看著伯克，想像他做同樣的事，這念頭讓我差點大聲笑出來。但往好的方面想，若薩維耶眞的控告我攻擊他，伯克可以爲我辯護。是的，那對我們的關係可眞的是再好也不過了。

「今晚妳不能睡在這裡。」伯克說。就這麼一次，我完全同意他的說法。「我的車就停在外面。讓我帶妳回我的公寓。」

我的肩膀垂下來。「好。」

「而且妳應該和我住。」他說。當他看到我的表情時，他立刻加上一句：「我不是說妳得搬來和我同住。但帶大約一星期的換洗衣物。也許另外找個地方住。」

我現在沒力氣和他爭辯，何況他說的沒錯。如果薩維耶回這棟樓來，我不可能繼續住下去。我必須找到新住處。雖然說，有了蓋瑞克家的薪水，我才勉強有能力支付這間公寓的租金。難道說，我得找個比布朗克斯更糟的地區？

不管了，這些問題以後再想。現在我得打包。

15

蓋瑞克家的主臥室非常大，要是我在臥室裡說話，我敢發誓會有回音。

我正在整理一疊洗好的衣服。我最早以爲這對夫婦的大部分衣服會送乾洗，但既然溫蒂似乎從來不曾走出臥室，我不認爲她會穿需要經常乾洗的衣服。根據我看到的髒衣物來判斷，她多半時間都穿著睡袍。而現在呢，我正在折一件領口接蕾絲很別緻的白色睡袍。上次差點跟她說上話時，我估計過她的身高，這件白睡袍大概長達她的腳踝。

我這時候才注意到。

睡袍領口有一處汙漬。這個形狀不規則的棕色汙漬有一圈紅邊，如今已經滲進布料裡。以前我洗衣服時看過這種汙漬。這痕跡不可能錯認。

是血跡。

不只如此，這灘血還不少，從領口往下染。我閉上眼睛，忍不住推測這血跡從何而來。

聽到我的手機鈴聲，我突然張開眼睛，趕忙拿出放在牛仔褲口袋裡的手機。看見號碼，我一顆心直往下沉。螢幕顯示來電者是布朗克斯的警察局。感覺起來，這不會是好消息。

嗯，但他們不可能透過電話逮捕我。

「你好？」我坐在蓋瑞克夫婦的床緣——這張床大概和遠洋輪船一樣大。

「是威廉米娜．卡洛威嗎？我是史卡佛警員。」

我的胃部翻攪——這名警察的名字讓我聽了就起雞皮疙瘩。「是的。」

「我有好消息告訴妳。」

如果我的案子還在這男人手上，就不會有好消息。但也許我該試著樂觀一點。在這個節骨眼上，我應該要贏的。「什麼好消息？」

「馬林先生決定不提起控訴。」她說。

這算好消息？我緊緊握住手機，緊到手指都麻了。「那我呢？我想提出控訴。」

「卡洛威小姐。我們有證人目睹妳攻擊他。」他清清喉嚨。「有這個結果妳已經夠幸運的了。要是妳還在假釋期間，現在就會被直接送回監獄。當然了，他還是可以對妳提起民事訴訟。」

我嚥下卡在喉嚨的腫塊。「所以他現在人在哪裡？」

「他今天早上出來了。」

「你們今天早上放他出監獄？」

史卡佛嘆氣。「不是，他沒遭到逮捕。他今天早上出院。」

這表示他晚上會回到他的公寓。也表示我不能回去。

「聽著，小姐，」史卡佛說：「妳這回運氣好，但是妳得去精神科掛號，好好控制妳的情緒問題。否則遲早有一天妳會回到牢裡。」

「感謝告知。」我咬牙切齒地說。

通話結束後，我抬起頭發現臥室裡不止我一個人。在臥室的另一頭，道格拉斯．蓋瑞克站在門口。他穿著亞曼尼套裝，繫著代表權力的紅領帶，一頭深棕色的頭髮和平時一樣往後梳。

我不知道他聽到了多少。當然，要是給他聽到了史卡佛的聲音，絕對會壞事。

「妳好，米莉。」他說。

我手忙腳亂地站起來，把手機塞回口袋裡。「嗨。對不起，我……我剛剛在折衣服。」

他沒有挑戰我的說法，因爲我明明在講電話。相反的，他緩步走進臥室，用拇指鬆掉紅領帶。他脫下外套，丟到五斗櫃上。

「怎麼？」他說。

我茫然地看著他。

「妳打算讓我的西裝就這麼丟在五斗櫃上？」

我花了一秒鐘時間才意識到他要我做什麼。他的衣櫃離我們大約兩公尺，他可以輕鬆掛好自己的外套，但他卻要我去掛。很公平，因爲這是我的工作，但他的聲音中有種讓我不安的尖銳。我注意到，這在我們的互動中愈來愈常出現。

「眞的很抱歉，」我含糊地說：「我會替你掛上。」

道格拉斯．蓋瑞克看著我拿起他的外套，仔細打量我。前幾天我上網搜尋過他，但網路上資料不多，連一張像樣的照片都沒有。他顯然非常注重隱私。我查出他如伯克說的，是貨幣斯托克這家大公司的執行長。他是某種科技天才，設計出國內幾乎每家銀行都得使用的軟體。看來，道格拉斯是那種覺得有必要才會展示魅力的人。

「妳結婚了嗎？」道格拉斯問我。

聽到這個問題，我愣住了，連他外套的衣架都只套上一半。「沒有……」

他挑起一側嘴角。「男朋友呢？」

「有。」我緊張地說。

他沒有對我的回答加以評論，但目光停留在我身上，讓我非常不安。這和他有多英俊無關，我就是不喜歡他用那種方式看我。我們第一次見面時，他節制的目光讓我印象深刻，但我猜那只是演戲。如果他繼續那樣看我……

呃，我猜，我也無計可施。特別是，警方才剛指控我攻擊一個男人。

就在我準備出聲將他的視線引導到我臉上時，他終於發現還放在加大雙人床上的白色睡袍。他看著領口的血漬。也許那是我的想像，但我確定自己聽到他猛吸了一口氣。

「嗯。」我低頭看睡袍，然後才看向道格拉斯。「我先離開一下，我得去查查怎麼去掉衣物上的番茄醬。」

他又盯著我看了好一會兒，接著才同意地點頭。「好。妳去查。」

但是我不必上網查。我早就知道該怎麼去掉衣物上的血漬。

16

我跟伯克一起吃晚餐，但我沒法把注意力放到他講的任何一個字上。

天氣回暖，我們在東村一家可愛的中東小餐廳找到一張戶外桌位。伯克穿著上班的套裝，顯得特別英俊，而我穿的是新洋裝。吃著開胃菜時，伯克鉅細靡遺地爲我敘述他一名委託人的故事，通常，能和這個讓人愉快的男友共度下午，我都會很高興。像伯克這樣的人會注意到我，一直讓我有些訝異，而且平常我都會專注聆聽他說的每一句話（即便他講的是頗爲無聊的商標法也一樣）。但今天，我就是無法融入其中。

因爲我後頸又出現了刺痛的感覺。就像有人正在看著我。

我應該告訴伯克我想在室內用餐的。警方沒有逮捕薩維耶，我怎麼都沒有安全感。我不知道他爲什麼會挑我當作目標，他攻擊我至今已經有一個星期。這段期間，我經常感覺到他那雙眼睛正看著我。我很想把這個念頭當成自己的想像，但我又不確定。即使斷了一隻手，而且他人在另一個行政區，我卻覺得薩維耶還是能跟蹤我。

「妳不覺得嗎，米莉？」伯克說道。

我茫然看著他，右手拿著叉子戳一塊羊肉，但我覺得我至少有十分鐘連一口東西也沒吃。「什麼？」我的回應沒有任何說服力。

伯克皺起眉頭，兩道眉毛之間的皮膚擠了起來，通常我會覺得這樣子很可愛，但現在我只覺得心煩。「妳還好嗎？」

「很好。」我說謊。

他毫不懷疑地接受了我的回答。我注意到，特別是就一名律師來說，伯克非常容易信任他人。其他人應該都會想問問我的過去，但他沒有。不必全盤告訴他確實讓我安下一顆心，但我偶爾會希望他開口追問。因爲，有那麼多祕密瞞著他，我也覺得好累。

伯克和我相遇時，我以爲自己對法律工作可能會有興趣，但不久之後，我就認清自己的背景就算沒有斷絕我走上這條路的希望，也會讓我顛簸難行。社區大學給我一個跟在他身邊的機會——儘管伯克在第一天就懦弱地承認，**我的工作不怎麼刺激**。我本來想像的是走上法庭，但相反地，他做的多半是文書工作，而我只是在一旁看。

「對不起，」在我們一起工作的那星期結束時，他說，「我相信這不符妳的期待。」

「沒關係，」我告訴他，「反正我也沒想當律師。」

「讓我請妳吃晚餐作爲補償。」

後來伯克承認，那一整個星期，他一直在思考該怎麼邀我出去。其實我差點拒絕。在恩佐告訴我他不打算回美國之後，我一直處在自憐的情緒當中，而且我也不想再次心碎。但接著我想像有個美麗的義大利女郎和我前男友調情，於是我決定，管他的。我爲什麼不能也享受一下？

伯克是個理想男友。一星期接著一星期過去，我想找出他的致命缺點，但他偏偏保持著令人挫折的完美。當他發現他們沒有以攻擊罪起訴薩維耶時，他看來憤怒得恰到好處。他提議陪我到警局和負責這案子的警員談談。爲了某些明顯的理由，我不得不拒絕他的提議。

接著，他就放下了這件事。我一整個星期都無法停止去想，但伯克往前走，只是反覆說著顯而易見的事實：我必須另找住處。

「妳有點蒼白。」伯克說。

我揉揉後頸，接著轉頭往後看。我以爲自己會和薩維耶面對面，但我身後沒有人。至少，我沒看見他。可是他一定在街上。

「我們一起住吧。」我突然說。

伯克的話說到一半停下來。他的嘴角沾上一小點中東芝麻醬。「什麼？」

「我覺得我準備好了。」我說。這是另一個謊言。我不認爲我已經可以和伯克同住，但既然薩維耶還住在南布朗克斯那棟大樓，我就不打算搬回我的公寓，更何況在那一帶，沒有任何地方讓我覺得安全。我甚至不確定自己在這裡是否安全，但在布朗克斯肯定是不安全。

總之，這麼說錯不了。我男友的臉上亮出大大的笑容。「好。我覺得很好。」他伸手越過桌子握住我的手。「我愛妳，米莉。」

我張開嘴巴，知道自己來到了必須以相同句子回應他的關鍵時刻。但這時我後頸的刺痛感變得難以忍受。我再次快速轉頭，確信自己一定會看到薩維耶就站在離我幾公尺遠的地方瞪著我看。

我瞇起眼睛看著身後的馬路。那混蛋在哪裡？

我哪裡都找不到薩維耶。他要不是蹲在郵筒後面，就是根本不在場。只不過，我看到一個出乎我意料的人。

道格拉斯．蓋瑞克。

17

道格拉斯．蓋瑞克在我背後。

說得更精確一點，他正在過馬路。號誌是紅燈，他衝向人行道時，一輛黃色計程車狂按喇叭。我看著他，心跳加快。基於某種不知名的原因，我一直以爲跟蹤我的人是薩維耶，但這下子我不那麼確定了。難道一直是道格拉斯嗎？

「等我一下。」我告訴伯克。「我馬上回來。」

「怎麼……」

我沒讓伯克有機會把話說完，直接起身追在道格拉斯身後，逼得一輛藍色轎車猛地踩下煞車。我沒理會司機的咒罵，繼續往前疾走。

道格拉斯跑到東村做什麼？他住在上西區，工作地點是華爾街。

如果他本來在監視我，現在也沒有了。另一件有趣的事，是他並非獨自一人。他似乎和一名金髮女性走在一起，後者右肩揹著實用棕色皮包，手還緊緊抓著。

這是怎麼一回事？他爲什麼監視我？那女人是誰？在眞實生活中，我雖然沒機會好好看到溫蒂．蓋瑞克，但我看過她的照片，所以我知道那名女性不是蓋瑞克太太。

我跟著他穿過另一個街區。說不定是我自己騙自己，但在他和金髮女性走在第二大道上時，我不認爲他會想到我跟在後面。這時她拉高了嗓門，但我聽不清楚他們在說什麼。我不能靠太近，他們很可能會看到我。

我不知道我能跟蹤多久。伯克還在餐廳裡，他大概會認爲我瘋了。我希望，他不會在和父母每週例行通話中報告這個小事件。

幸好，道格拉斯和那名女性在一棟赤褐砂石樓房前停下了腳步。和我住的地方一樣，這棟樓也沒有門房。她在皮包裡翻找鑰匙，開鎖後推開門。在她走進大門前，我再次仔細看了她一眼。

事情雖然惱人，但也很明顯。道格拉斯在外面有個情婦，她就住在這裡。這時候還不算太晚，他回家後，大可以告訴溫蒂他今晚加班。

但他們爲什麼爭執？

當然了，這不難想像。如果她是他的女友而他又是已婚，也許她氣的是他還沒離開他的妻子。這女人至少三十多歲了，看起來不像是出來找樂子的浪蕩女。說不定她希望道格拉斯拋下溫蒂和她結婚。

口袋裡的手機響起時，我依然盯著這棟赤褐砂石樓房，心想下一步該怎麼做。看到螢幕上顯示伯克的名字，我縮了一下。我眞希望當時自己把手機留在皮包裡。但這時，我不得不接聽電話。這個男人剛說我們可以住在一起，說他愛我，緊接著，我便像個瘋子似的從座位上跳起來跑到對街。

「米莉？」電話那頭的伯克有些困惑。「妳怎麼了？妳去哪裡？」

「我……我看到一個老朋友。」我說：「我想和她敘舊，好幾年沒見面了。」

「好……」他勉強接受了我荒謬的解釋，我就知道他會。「妳會回來嗎？」

我看了那棟樓房最後一眼。「會，我幾分鐘後就回來。」

無論道格拉斯・蓋瑞克打算在那棟樓裡做什麼，我光是站在外面瞪著房子看，也不可能看出什麼名堂。於是我轉身走回餐廳，準備面對伯克的疲勞詢問。對我的突然離開，他會想聽進一步的說明。但若是實話實說，會讓我聽來像是得了失心瘋。

「我現在就往回走。」我告訴他：「眞的。」

「妳要我先結帳嗎？」他問道：「妳沒事吧？到底怎麼了？」

「沒事。」我穿越馬路，稍微加快腳步走向餐廳。「就我剛說的，我看到一個老朋友。」

「妳好像不太好。」

「我很好。」我堅持。「我……」

就在堅持自己好得很時，我突然說不下去。因爲我看到讓我心臟沉到胃部的景象。

是那輛右邊大燈破裂的黑色馬自達。那輛停在我住處附近、偶爾會在蓋瑞克家附近出現的同一輛車。

我垂下目光去看車牌號碼。五八F三二一。我在腦海裡搜尋，努力回想上次我看到的車牌號碼。我爲什麼沒寫下來？我當時那麼確定自己一定背得下來。

但是那盞破裂的右大燈看來那麼眼熟。

「米莉？」我的手機傳來伯克的聲音。「米莉？妳在嗎？」

我瞪著這輛車。從頭到尾，我都以爲跟蹤我的人是薩維耶。但現在，我發現這輛車停在道格拉斯情婦的住處附近。我雖然不能百分之百確定這和一直在跟蹤我的是同一輛車，但我願意押錢賭一把。對一個千萬富翁而言，這輛車確實破爛，但如果他不想引人注意，則又另當別論。

只不過，道格拉斯爲什麼要跟蹤我？而且，我還沒到蓋瑞克家工作時已經有那種感覺。難道這表示，道格拉斯在我爲他工作前就開始跟著我。

我脊背一涼，好恐怖，這到底是怎麼一回事？

18

今天，我要打包搬家。

事實上，對於和伯克同住，我仍然不怎麼雀躍。但如果薩維耶．馬林住在那棟公寓，我就不會回去。而且我得承認，住在伯克位於上西區的兩房公寓不會是酷刑。雖然不是豪華頂樓公寓，但他家很舒適，甚至還有個**不兼做**逃生梯的陽台。同時，夏天轉熱時，他家有冷氣。冷氣！那是至高無上的享受。

伯克開著他的奧迪載我回布朗克斯。他的後行李箱不大，也幸好我的東西並不多。我的公寓有個優點，就是附帶了部分家具，所以大多數的東西不是我的。任何塞不進行李箱和後座的東西，我都能捨棄。

「我很高興我們終於要住在一起了。」伯克告訴我。這是他最後一次開車穿過這些前往我公寓的街道。「接下來一定會很棒。」

我臉上帶著宛如塑膠殼的笑容。「對。」

我怎麼能這麼做？我怎麼能在伯克還不知道我的過去時，就搬去和他同住？這對他太不公平。而等他發現眞相把我踢到路邊時，對我也不公平。

我仍然在蓋瑞克家工作——至少目前如此。我愈想，就愈不確定那天道格拉斯是不是在跟蹤我。畢竟他一路和他的情婦說話，焦點似乎根本不在我身上。我太快下結論了。況且，老闆外遇並不是放棄優渥薪資的理由，尤其考量到找新工作對我格外困難。我可以搬進伯克家，但依賴他會是個錯誤。我需要有自己的收入——以防他眞的把我踢到路邊。

停等紅燈時，伯克伸手搭在我的膝蓋上。他對我微笑，看起來眞是天殺的英俊——像電影明星那種英俊——但我心心念念的卻是，這是個壞主意。他犯了一個可怕的錯誤，而他自己甚至不知道。我內心有那麼一點希望，他能把放在我膝蓋上那隻該死的手拿開。

餐廳那日過後，他沒再說愛我。我看得出他很想說，但是到目前爲止他已經說過兩次，反觀我卻連一次都沒講過。如果他再說一次，我不是該說同一句話回應，就是該……嗯，如果我希望這段關係能繼續下去，就必須回以同一句話。無庸置疑。

「嘿。」車子開到我住的街上，伯克拿開手。「這裡出了什麼事？」

我住的公寓前面停著一輛閃燈的警車。我閉緊嘴，忍著沒說這裡經常有警車。想到警車可能是停在這裡等我，我的胃就開始翻攪。說不定，薩維耶改變了心意，準備提出控訴。

喔，天哪，他們要上銬帶走我嗎？

「伯克。」我連忙說：「也許我們應該先離開，改天再回來。」

他皺起鼻子。「我不打算明天再開車進布朗克斯一次，來吧，沒事的。」

在我的恐慌症全面發作前，公寓的大門打開，一名警員帶著一個男人走到馬路上，後者的雙手銬在背後。看來，警方根本不是來找我。這可能是另一次毒品掃蕩行動。

接著，我看到那個上了手銬男人左眉上的疤。是薩維耶。

我降下車窗，正好聽到薩維耶對帶他走向警車的警員大喊：「你要相信我！那些毒品……我從來沒看過，那不是我的！」

遠在我們停車的這頭，我都能看到警員翻了白眼。「對啦，家裡被我們搜出一大堆海洛因的人都這麼說。」

被押進警車前一瞬間，薩維耶的眼中充滿恐慌。他雖然知道那麼做很蠢，但還是甩開警察跑向街尾。當然了，他的雙手還銬在背後，這表示他跑不遠。警察沒花幾秒鐘就追上他，我看著他被壓制在地。

這是近幾個月來我看過最精采的一場秀。

伯克睜大眼睛看著在我們眼前上演的這場戲。「老天爺，還好妳要搬家了，妳真幸運。」

「就是那個人。」我低聲說：「他就是攻擊我的人。」

「哇，所以他還吸毒？這大概沒什麼好驚訝的。」和薩維耶幾次互動中，我不覺得他會吸毒。他看起來一直是完全清醒。但如果他們在他家找到毒品……更好的是，如果他們找到大量毒品——就意謂他販毒，那麼在短期內他不可能回來了。

「我不必搬家了。」這句話脫口而出。

伯克驚訝地張開嘴。「什麼？」

「他不會繼續住在這棟公寓了。」我指出重點。「所以我不必離開了。」

伯克把下唇往前推。「我不懂。妳不想和我一起住嗎？」

這是陷阱題。沒錯，有額外空間、冷氣和可以攔阻搶匪的門房確實很好。但那不是搬去和男友同住的好理由。

「我想。」我說。「總有一天吧。可是……現在還不是時候。」

「我懂。」他的語氣冰冷。

「我很抱歉。」我伸手去按按他的手，但他沒有回應。「我只是那種需要有自己空間的人，不過是這樣而已。」

他的藍眼直視著我。「眞的只是這樣嗎？」

我想像伯克的雙親是會對兒子同住女友進行背景調查的那種人。見鬼了，他們說不定早就調查過了。但我打賭他們查的是米莉．卡洛威，而這是我唯一可取之處。不過，他們遲早會發現我的全名是威廉米娜，然後伯克就會發現一切。

我必須在那之前坦白說出來。

但既然薩維耶那個混蛋進了監獄，我決定暫緩執行這件事。

19

蓋瑞克家的頂樓公寓今天似乎很安靜。

我聽到客房裡傳出聲音，但那不是哭聲、尖叫或其他可疑的聲響，而是有人在裡面，有個我不該打擾的女人。

在我發現睡袍上的血漬後，我眞心認爲道格拉斯會找藉口開除我，但他還沒開口。這是好事，想想，我需要錢。（伯克仍在暗示我該搬去和他同住，可是截至目前爲止，我都成功地轉移了這個話題。）

而現在呢，經過幾天的思考，我不再確定睡袍上的汙漬有當時看來那麼不祥。我仍然認爲那是血，但血會染在衣服上有很多單純的原因。我處理過許多孩子流鼻血的狀況，也知道太快下結論是個錯誤。所以我順利地把這件事拋到腦後。

嗯，幾乎完全成功。

我先打掃樓上其他幾間房，然後踏上走廊，準備清理樓上的主浴室。一般而言，樓上所有浴室都不會太髒。這是當然的，因爲這公寓只住了兩個人，他們似乎不需要有人如此頻繁打掃，但我不會去跟他們討論這個。既然他們付錢讓我來打掃，而我只需要打掃已經相當乾淨的房子，那我就會照辦。

只不過，當我走進浴室，我眼前是前所未見的畫面。這讓我覺得像是肚子上挨了一拳。

浴室洗手槽有個血手印。

呃，公平地說，那差不多是半個掌印。就像有人用凝結血塊的手抓住洗手槽。

我的目光落向地面。剛剛進來時我沒仔細看，但現在我看到地磚上有小小的、一滴一滴的血，正好排成一列。

我跟著這道血跡走出浴室。由於走廊上沒開燈，所以我一開始沒有發現，但現在，我看出血跡在地毯上形成一條路線，最後進了客房。

我不該敲門。我一開始來工作，道格拉斯就說得很清楚。而我去敲門的那一次，溫蒂．蓋瑞克看到我並不高興。

但我又一次想到凱蒂．吉諾維斯。看到一道延伸到門口的血跡，我怎麼可能不去察看？

於是我舉手敲門。

明明剛才還有聲音的，但這時門後的聲音突然完全靜止。沒有人告訴我「進來」或「不要進來」。所以我再次敲門。

沒有回應。

我挫折地咬著牙。裡頭不知道出了什麼事，但在我確定她不會在裡頭流血致死之前，我絕不離開。我有我的原則，有屍體在場，我拒絕打掃。

儘管不該這麼做，我仍然握住門把，試著轉它，但完全轉不動。**鎖住了。**

「蓋瑞克太太。」我說。「妳的浴室裡到處是血。」

仍然沒有回應。

「聽我說，如果妳不開門，我就必須打電話報警。」

聽到這句話，她終於有了回應。我聽到門後一陣混亂，接著是略顯惱怒的聲音：「我在裡面。我很好，不要報警。」

「妳確定嗎？」

「對。請妳……走開。我想要睡覺。」

我大可走開，但真的，我辦不到。看到了浴室的血跡後不可能走。甚至不是因爲地上有血跡，而是因爲滴血的人顯然受傷過重，沒法自己清理。

「我想看看妳。」我說：「拜託妳開門。」

「我很好，我剛剛說過了。我只是有顆牙齒裂了，流了一點血。」

「請開門，開個兩秒就好，然後我就不吵妳了。但是在妳開門之前我絕對不會離開。」

門後的人沉默了許久。我一邊等待，一邊看著從浴室延伸過來的血跡。合理的解釋有很多，比方是除毛時不小心刮傷了自己，說不定也眞是因爲牙齒裂開。

然而，有些事情就沒那麼合理的解釋。

最後，門把喀了一聲。門鎖開了。她非常、非常緩慢地拉開門。

我不得不捂住嘴巴，免得尖叫出聲。

20

「溫蒂，」我喘著說：「我的天。」

「我告訴過妳了，」她說：「我很好，沒有看起來那麼糟。」

我這輩子看過許多壞事，但溫蒂．蓋瑞克的臉是那種會困擾我好幾年的慘。這個女人挨過揍，從她的外表來看，事情不止發生一次。滿布在她臉上的瘀青恢復進度不一。她左臉的瘀青應該是最近才留下，但其他泛黃的傷處看似來自更早之前的毆打。

溫蒂剛剛說，血來自她一顆斷裂的牙齒，現在我完全相信，無論是哪個傢伙對她做出這些事，對方一定有能力敲掉她一顆牙。

「這是藥物造成的。」她告訴我。「我跌了一跤，而且我在吃抗凝血藥，所以才那麼容易瘀青。」

這女人照過鏡子嗎？她真的想告訴我，這些傷是**跌倒**造成的？

她穿著粉紅色花睡袍，和浴室一樣，睡袍前襟也沾有血滴。要知道，這不是我來這裡工作後看到的第一件沾血睡袍。

「妳必須去醫院。」我終於說出口。

「醫院？」她瑟縮地說：「然後他們會怎麼做？」

「檢查妳有沒有骨折。」

「沒有。我很好。」

「然後妳可以報案。」我補充道。

眼眶瘀青的溫蒂．蓋瑞克看著我。她吸了一口氣，縮了一下。我懷疑她斷了肋骨。若眞的有，我也不會驚訝。

「聽我說，**米莉**。」她低聲說：「妳完全沒概念，不知道妳面對的是什麼。妳**不會**想牽涉進來的。妳必須走開，讓我一個人待著。」

「溫蒂……」

「我是說眞的。」她睜大瘀傷的雙眼，我首度在她眼中看到眞正的恐懼。「如果妳知道怎麼做對自己好，妳就必須關上這扇門，離開這裡。」

「可是——」

我開口想抗議，但我還來不及說話，她已經當我的面甩上門。

她的意思很明白。無論這個家裡發生了什麼事，溫蒂都**不想要**我幫忙。她要我置身事外，管好自己的事。

可惜，我就是不擅長袖手旁觀。

21

二〇〇七年，聲譽卓著的小提琴家約夏．貝爾——他最近一場完售的音樂會平均票價是一百美金——假扮成街頭音樂家。他穿牛仔褲戴棒球帽，站在華盛頓特區的地鐵站裡演奏和音樂會上一模一樣的曲目，他使用的手工琴價值超過三百五十萬美金。

「幾乎沒人停下腳步聽。」金卓瑞德教授在坐滿學生的講堂上說：「事實上，偶爾有孩子停下時，家長還會拉著他們往前走。這男人的波士頓演奏會，票賣到一張不剩，而在街頭演奏那天，只有大約五十個人停留得夠久，願意對著他的琴盒丟下一塊錢美金。所以，各位要怎麼解釋這現象？」

猶豫之後，前排一個女孩舉手。她一向積極回答問題。「我想，一部分原因是，在較普通的場合，大家比較不容易欣賞『美』。」

我每天搭地鐵從布朗克斯進城，在等待列車進站時，經常看到演奏樂器的人。我公寓附近的地鐵站散發著尿騷味，至於原因，我寧願不去想，但如果有人在我等車時彈奏音樂，倒也不壞。

要是我，我會留下來聽約夏．貝爾演奏。儘管我需要我擁有的每一分每一毫，但我甚至可能會在他的琴盒裡放下一塊錢。

「好。」金卓瑞德教授說：「還有其他可能的因素嗎？」

我遲疑了一下才舉起手。我通常不參與課堂討論，因爲這課堂上除了教授之外，最年長的人大約還比我年輕個十歲。但看來，好像沒有其他人要回答。

「因爲沒有人想幫助他。」我說。

金卓瑞德教授點點頭，摸摸下巴的鬍碴。「這麼說是什麼意思？」

「嗯，」我說：「他擺出琴盒，裡頭放著錢。大家因此假設他需要金錢上的協助，而因爲人們不想幫忙，所以沒理會他。他們覺得，停下腳步表示自己一定得要幫忙。」

「啊。」教授點頭。「如果沒有人願意駐足欣賞音樂的理由，就只是他們因此必須協助陷入困境的人，那麼對人性而言，這稱不上好事。」

教授仍然看著我，所以我覺得有必要再說些話。「至少有五十個人停下來，那已經很不錯了。」

「說得對。」他說：「那**確實**很不錯。」

但我是會幫忙的。我一向會。我**絕對**、**絕對**不可能走開，即使我應該離開也一樣。

下課後，我正要走出大樓時，忽然瞥見一張熟悉的臉孔往我這頭過來。我驚訝地發現那人是安珀．迪高，也就是在她小女兒不肯停止喊我「媽媽」後開除我的人。然而，這份訝異遠不及於看到她推的娃娃車上坐著歐麗芙。小女娃玩著波浪鼓，正拚命想往嘴裡塞，小手指頭上全是黏糊糊的口水。

當我還在安珀家工作時，她完全不像有興趣帶歐麗芙出門散步的樣子。所以，這對她們母女都是好事。

我考慮是否該繞到角落躲起來，免得見面尷尬，但接著安珀看到我，抬起手熱情地打招呼。她顯然忘了之前她是怎麼開除我的。

「米莉！」她喊我。「天哪，看到妳眞是太好了！」

眞的假的？因爲上次見面時，她可不是這麼說的。

「嗨，安珀。」我說。我認命了，禮貌性對話恐怕免不了。

她在我身邊停下來，放開推車手把，好整以暇地整理草莓金色的頭髮。今天是安珀的皮革日。她的皮褲塞在及膝皮靴裡，套著一件奶油棕色的皮革短外套。

「妳最近怎麼樣？」她歪著頭，彷彿把我當成一個運氣不太好的朋友，而不是被她開除的人。「一切都好嗎？」

「當然好。」我咬著牙說。「好極了。」

「妳現在在哪裡工作？」

我不想告訴她關於我現在工作的任何事。她已經爲一個愚蠢的原因親自開除了我——但根據我對這女人的了解，她會這麼做也不奇怪。「我在待業中。」

「我那天在路上看到妳。」她說：「妳正要走進八十六街那棟老建築。道格拉斯·蓋瑞克住在那裡，對不對？」

我愣住了，驚訝地發現她竟然知道這件事。但話說回來，在有錢人的圈子裡，大家似乎彼此認識。「對，我現在在蓋瑞克夫婦家工作。」

「喔，所以妳才會到那裡去？」

安珀嘴邊的微笑讓我很不自在。她在暗示什麼？「對……」

她對我眨眨眼。「我相信妳一定會好好把握這個機會。」

我不太欣賞她的語氣，但我提醒自己，我用不著站在這裡和安珀聊天——這是不再受雇於她的好處之一。但我很想和整個下巴都是濕亮口水的小歐麗芙打招呼。我好一陣子沒看到她了，這年紀的孩子變很快。她說不定認不出我了。

「嗨，歐麗芙！」我細聲說。

歐麗芙掏出塞進喉嚨的波浪鼓，抬起偌大的藍色眼睛仰望我。「媽媽！」她開心地尖叫。

安珀臉上血色盡失。「不對！她不是妳媽媽！**我**才是！」

發現我沒將她抱到懷裡，歐麗芙開始哭。安珀狠狠瞪了我一眼。「看看妳讓她多難過！」

說完這句話，安珀來個大迴轉，快步離開我身邊，而歐麗芙繼續哭嚎：「媽媽！」儘管發生了這些事，這次巧遇仍然讓我忍不住微笑。原來這孩子還記得我。

我看著安珀消失在遠處，這時，電話響了——我的好心情立刻蒸發。會打電話給我的只有兩個人。不是要爲我騷擾他妻子而開除我的道格拉斯，就是伯克，而這個可能更糟。

自從我脫口說出不想和他同住後，我和我男友的關係就變得十分冷淡。我一再解釋我需要自己的空間，而且，如今薩維耶被關了起來，我也覺得安全多了，但他依舊不能理解。我有種不好的預感，我們的感情必須非常、非常快地往前推進，否則這段關係會就此結束。

只不過，我看著手機，卻發現來電的不是道格拉斯也不是伯克，是個我不認識的號碼。

「你好？」我說。

「請問是威廉米娜．卡洛威嗎？」

我頓了一下，不知道另一頭的人是要提醒我車子該保養了，還是要說出一串外國話。

「是……」

「嗨！我是工作紅娘的麗莎！」

我的肩膀放鬆下來。工作紅娘是我張貼家事服務廣告的網站。「嗨，麗莎。」

「卡洛威女士。」麗莎用精力充沛的聲音說：「我們發了電子郵件給妳，沒收到回覆，所以再次打電話來詢問妳信用卡的事。」

「我的信用卡？」

「是的。」麗莎說：「妳的美國運通卡被拒刷了。」

我為了自己的愚蠢搖頭。「對不起，我剪掉那張卡了。我本來要用我的萬事達卡的。但我現在不需要上廣告了。」

「嗯，」麗莎說：「我只是想確定妳知道，因為我們沒收到款項，所以廣告一直沒有上線。」

我在第一大道上停下腳步。「等等，」我說：「我的家事服務廣告一直沒有上線？」

「恐怕沒有，因為我們沒收到款項。我剛剛說了，我們一直試著和妳聯絡……」

但是我沒在聽。我不知道我應徵管家的廣告怎麼可能從來沒有上線。「妳確定嗎？」我衝口說：「妳是說我的廣告一直沒上線？連一天都沒有？」

「連一天都沒有。」麗莎向我確認。

我回想自己還在找工作的那幾個月。大多數面試機會，都是因為我看到客戶放出的廣告，我主動去聯絡而得的。事實上，主動聯絡我的只有一個人。

道格拉斯・蓋瑞克。

22

我只知道這件事，我一定要追根究柢。

是道格拉斯·蓋瑞克打電話給**我**的。我記得很清楚。我接起手機，他告訴我他在找一名負責打掃、洗衣、簡單煮飯和偶爾跑腿的管家。他沒提到廣告，或至少我不認爲他提起過，但當時，我假設廣告是他聯絡我的原因。畢竟，不可能有其他理由。

如果不是廣告，那麼他是怎麼得到我的號碼？

整件事讓我很不舒服。即使薩維耶已經入獄，我仍有那種被人監視的感覺。那輛黑色馬自達停在道格拉斯和情婦走進去的大樓外面。道格拉斯不知怎麼拿到我的號碼，畢竟，我的廣告一直沒有上線。

他知道我是誰。

我站在一家披薩店門外的馬路上。混和著番茄醬、油脂和融化起士的誘人香味侵入鼻腔，我卻只覺得反胃。我左右看著馬路，尋找任何可疑之處。

我沒看到道格拉斯；也沒看到薩維耶。

但外頭有個人。有個人在監視我。這點我敢確定。

我又掏出手機。道格拉斯發了訊息確認我今晚會過去打掃。雖說，我兩天前才剛剛去過，而且我相信他家依然窗明几淨。通常我會回訊，但現在我只是看著螢幕。我還來不及有所遲疑，就直接按下他的號碼回電。

電話開始響時，我身後也有支手機響起。我的胃重重一沉。

我飛快轉身，但那支正在響的手機，主人是個少女。她接聽電話，我聽到她對著電話尖聲說：「我的天！」然後從我身邊走過。我太神經質了。

「米莉？」

電話另一端傳來道格拉斯的聲音。他沒有站在我身後半公尺外。無論他在哪裡，那頭的背景聲音都比我所在的忙碌街道安靜。「喔，嗨。」

「沒事吧？妳今晚還是會過來打掃嗎？」

「會……」我咒罵自己竟然沒在打電話前先編好故事。我太衝動。「是這樣的，我正在寫履歷，想很快問你一個問題。」

「妳不是要辭職吧？」他的語氣帶著點幽默，但聽得出底下有股暗潮。「我希望不會。」

「不是，絕對不會。我是想再兼個工作，我在想，不知道你是從哪裡聽說我的？就是，你打電話給我前怎麼會有我的號碼？」

他想了想。「其實，妳的號碼是溫蒂給我的。」

「溫蒂？你太太？」

「妳還認識別的溫蒂嗎？」他輕笑著說：「她說，有個朋友把妳的號碼給她，對方說妳做得很好。」

「她有沒有告訴你是哪個朋友？」

「沒有。」這下子，他的語氣開始有點防備了。「我們給妳的資訊已經足夠了。請妳不要爲了這件事去打擾溫蒂。」

「當然不會。」我說。「感謝你提供我這個資訊。還有，我今晚會過去。」

我今晚會過去。但若他覺得我不會拿這件事問溫蒂，那麼他就大錯特錯。

23

這天傍晚，我抱著一大堆乾洗好的衣服來到頂樓公寓。我拿回四套西服，任何一套的價格，可能都比我的年收入高。如果我動歪腦筋，私自把這些衣服拿去賣，很可能會大賺一筆。但那麼做不值得。我已經夠怕道格拉斯了，我最不想要的，就是惹他生氣。

但我今天要做的事很可能會惹毛他。

我把乾洗好的衣服掛在手臂上，走進起居室。公寓裡很安靜。溫蒂應該在樓上，道格拉斯在加班——或陪著情婦。我帶著乾洗衣物到二樓，球鞋踩在樓梯上，每一步都在頂樓公寓造成回音。我打掃過比蓋瑞克家更大的住宅，但從來沒在那些房子裡聽到這麼響的回音。我在想，不知道這和屋齡有沒有關係。

客房門關著，這沒什麼好驚訝。我把乾洗好的衣服拿進主臥室，把道格拉斯的西裝掛好，但整副心思全放在客房裡的那個女人身上。我下定決心，今天一定要和她說上話。

於是，收拾好衣物後，我輕手輕腳穿過走廊，走向客房。

不知爲什麼，走廊上沒開燈。我曾問過道格拉斯，他當時提到了管線問題，含糊地說會找人來修理。但是，我在這裡工作的整段期間，這些燈一直沒亮過。除了建築老舊外，樓上缺乏光線也讓人覺得恐怖。

我在客房前停下腳步。今天，我腳下的地毯是乾淨的——我用雙氧水刷掉了浴室裡的血和地毯上的汙漬，完全看不出溫蒂的血曾經滴在上面。而且，道格拉斯也不知道我曉得這件事。

我抬手準備敲門，卻感覺到一股惡寒。我不住回想自己上次和溫蒂說話時她給我的警告：

如果妳知道怎麼做對自己好，妳就必須關上這扇門，離開這裡。

我嚥下懷疑。不，我**絕對不會**離開。懷著新生的決心，我舉起拳頭敲門。

我做好心理準備，打算求她再次開門，但這一次，我聽到門後傳來腳步聲。一會兒後，門拉開一條縫。我第二次看到溫蒂帶著瘀青的臉，我得承認，她看起來比幾天前好多了。

「什麼事？」她的聲音中帶著莫可奈何。「我正想試著睡一下。」

我垂眼看她身上淡黃色的睡袍，謝天謝地，這次睡袍上沒有血漬。「妳的睡袍很漂亮，我一向穿著大都會球衣睡覺。」

她交抱起雙手。「妳叫醒我就是爲了說這句話？」

「不是……不是。是這樣的，我有事問妳。」

溫蒂讓穿著拖鞋的雙腳交替支撐重心。之前，我沒意識到她多瘦。這個女人骨瘦如柴。我想，她的病可能是原因，但我不知道自己以前有沒有看過這麼瘦的女人。她的鎖骨前凸得離譜，當她拉睡袍時，我看得到她布滿青色血管的手上每根骨頭。在她單薄的臉上，眼睛顯得特別大。「妳要做什麼？」

「我想知道妳怎麼會有我的手機號碼。」

她把玩一綹紅褐色的頭髮，我認出她手腕上的手鍊——是道格拉斯最近送她的禮物。「什麼意思？」

「道格拉斯說妳把我的號碼給他，讓他和我聯絡打掃工作。可是，妳是怎麼拿到我的號碼？」

「妳刊登了廣告，不是嗎？我一定是那樣拿到的。」她長長地嘆口氣。「現在，如果妳不介意，我要回床上去了。今天很難熬。」

「問題是，我發現廣告其實沒有上線。所以，像我剛剛問的，妳是怎麼拿到我的號碼？」

溫蒂垂下目光。「拜託，我不想說。不要打擾我了。」

「告訴我。」我咬著牙說。

「妳爲什麼總是不肯照我的話做？」她舉起雙手。「好啦好啦。是金潔．豪威給我的。」

我覺得好像有人突然揍我一拳。我認識金潔．豪威，但我好幾年沒看到她了。確切來說，是兩年。她是我在恩佐飛回義大利前的最後一名雇主。我們幫她找到一名願意依判決結果收費的律師，幫助她和她魔鬼般的丈夫打離婚官司。對方頑強抗拒，我們差點就想幫她弄來新護照和身分，但那男人最後還是放她走。

我希望她過得好。金潔感覺是好人，她丈夫不該那麼對待她。

但如果溫蒂是從金潔那裡聽說我，那麼……

「妳爲什麼要道格拉斯打電話給我，溫蒂？」我說。她張嘴想說話時，我又說：「我要請妳把眞正的原因告訴我。」

她仍然不肯直視我，光是低頭瞪著地毯。「我想，妳知道。」

我的腦中響起模糊的鈴聲。我一走進這處頂樓公寓時，就覺得這房子有些奇怪。但每次我想和溫蒂溝通，她似乎都沒興趣和我說話。

「當時我手腕骨折。」她憤恨地說：「他推倒我時折斷的，但看醫師時，他不肯離開。我不得不說我踩到冰塊滑倒。那是他讓我找人幫忙家務的唯一理由——否則他從來不讓人進家門。」

我握起拳頭。「妳爲什麼都不說？」

「因爲找妳來是個愚蠢的決定。」她布滿血絲的雙眼含淚。「我走投無路，但我看到妳之後，我就知道我沒辦法堅持下去。妳不認識道格拉斯。妳不知道他是哪種人。離開他**不是解決方式**。」

「妳錯了。」我說。

她往後仰著頭，發出苦澀的笑聲。「妳沒有概念，不知道自己在說什麼。道格拉斯**無所不在**。他**什麼都看得到**。」

我回想每次我走在外面，就覺得好像有人看著我。「他現在看得到我們嗎？他聽不聽得到我們說話？」

「我……我不知道。」她看向走廊，用目光四處搜尋。「我沒有發現任何錄影機，但這不表示家裡沒有。道格拉斯懂得使用我們無法想像的科技。妳知道，他是天才。」這次，她哀傷地笑。「從前我覺得這是他吸引人的地方。」

「還是値得一試。」

她瘀青的臉頰染上一點血色。「妳不懂。爲了找到我，他會願意花光所有財產。」

她說得沒錯，而且道格拉斯可以花的財產還眞不少。嫁給道格拉斯這樣的丈夫，要逃走不會是一件容易的事——我的確不曉得他能做出什麼事。而且我不知道能不能幫上她。特別是，我沒有恩佐掌握的資源……無論在任何行業，我都沒有「熟人」。就是因爲這樣，我才會發誓放棄這種生活，轉而把心思放在取得學位上，讓我能在不違法的情況下幫助女人。但此刻我身上的每個細胞都在吶喊，要我試著去幫助這個女人，而且是現在就幫她。

就算在地鐵站，我也絕對不會對需要幫忙的男人視而不見。同樣的，對在我窗外被刺殺的女人也一樣。我不能容許這種事在我眼前發生。

「妳有錢嗎？」我問：「我是說，有沒有現金？」

她猶豫地點頭。「我一直慢慢在賣我一些珠寶。我有太多首飾——每次他打我，都會買昂貴的禮物給我。我藏了點錢，他應該找不到。那些錢支撐不了太長時間，但說不定夠久。」

我拚命思考。「妳有朋友能幫妳嗎？有沒有他不認識的朋友？比方高中或大學同學，或是……」

「停。」她沙啞地說：「妳好像沒聽懂我想告訴妳的話。道格拉斯極度危險。妳不能低估這個男人。如果妳想幫我，那是行不通的，而且……而且妳會後悔。相信我。」

「可是，溫蒂——」

「我沒辦法，可以嗎？」

她低頭看左手腕上的手鍊——我記得道格拉斯給我看這條手鍊時有多驕傲。她的眼神瘋狂，笨拙地打開手鍊扣頭，讓細瘦手腕上的手鍊鬆開。

「我痛恨他送我的禮物。」她的聲音充滿怨恨。「我幾乎沒辦法看，但他期待看我戴上這些首飾。」

她捏緊手鍊，接著伸手抓住我的手。她把手鍊壓到我手掌上。「把這東西從我眼前拿開。我再也沒辦法看著這條手鍊了。如果他問起，我……我會說我弄掉了。」

我張開手，看著這條小手鍊。我懷疑上面是否沾到了她的血。「我不能收，溫蒂。」

「那就丟掉。」她輕蔑地說。「我不要看到這東西留在我家。何況他在上面刻了那些字。」

我把手鍊湊到眼前仔細看上面的刻字，小小的字寫的是：

給W，妳永遠是我的，愛，D

「永遠是他的，」她尖刻地說：「他的財產。」

這個訊息不可能錯認。

「請讓我幫妳。」我抓住她的手腕，忘了那隻手可能曾經折斷過。看她縮了一下，我立刻放手。「我會不惜一切代價。我不怕妳丈夫。我們可以一起想出解套的辦法。」

接著，我看到她的眼神。猶豫一閃而過。是希望的眼神。這個眼神只持續了一秒，但確實出現過。這個女人太絕望了。

「不。」她堅定地說。「而且現在妳該離開了。」

在我開口之前，她當著我的面關上門。

溫蒂．蓋瑞克絕對非常害怕她丈夫——我也怕那個男人。但過了這些年，我已經學會不讓恐懼控制我。我擊敗了薩維耶，打倒過和道格拉斯一樣有權有勢的男人。我不在乎溫蒂怎麼說。我能處理那個傢伙。

24

如果我過馬路時，每次在自行車道差點被騎士撞上就能領到五分錢，那我現在就不必去蓋瑞克家工作了。好比今天我過馬路要到蓋瑞克家的大樓，一名沒戴安全帽又拿手機貼耳邊的騎士只差幾毫米就要送我去醫院了。爲什麼騎車聽手機的人都不戴安全帽呢？這似乎成了**定律**。

我走到蓋瑞克家大門時，皮包裡的手機響了。我遲疑一下，本來打算讓來電直接進入語音信箱，但我還是從皮包裡掏出手機。螢幕顯示來電者是伯克。這下子，我更想讓電話進入語音信箱了。我不想再次和他進行「我爲何不能（或按他的說法，不**肯**）搬去和他同住」的對話。

但最後我嘆了口氣，按下手機的綠色通話鈕接聽電話。「嘿。」我說。

「嗨，米莉。」他說：「妳可以和我一起晚餐嗎？」

「我可能會在蓋瑞克家待到很晚。」我告訴他，這不全是謊言。

「喔。」

我納悶地想，不知要拒絕多少次晚餐約會，他才不會再邀我。但是我不想事情變成那樣。儘管我可能沒那麼愛，可是我很喜歡伯克。我不想失去他。

「這樣吧，」我說：「道格拉斯明天會離開幾天，所以他們不會需要我做菜。明天一起晚餐如何？」

「好。」他的聲音有點怪。「還有，晚餐時，我想我們必須談談。」

我發出緊繃的笑聲。「這聽起來不怎麼好。」

「我只是……」他清清喉嚨。「我很喜歡妳，米莉。我們只是必須討論我的定位。」

「你的定位好得很。」

「是嗎？」

我不知道該說什麼。但他沒錯。伯克和我的確該好好談談。早談比拖延好。我必須把過去的一切說出來，然後他才能決定是否想和我繼續往下走。我很希望他夠高尚，不會被我的十年牢獄生活嚇到，但我又不停想像他聽我坦承一切後的樣子。他的表情應該不會太快樂。

「沒問題。」我說：「我們可以談談。」

「七點鐘在我家？」

「好。」

電話另一端的聲音停了一下，我幾乎要開始擔心他又要再說他愛我，但他只是說：「明天見。」

掛斷電話後，我久久凝視著手機螢幕。假如我現在回撥，全盤坦承一切呢？一鼓作氣把創傷貼布撕掉。這麼一來，我就不必帶著反胃的感覺再過一天。

不，我不能這麼做。一定要是明天。

我舉步走向蓋瑞克家，一顆心揪得緊緊的。門房飛快地過來為我開門，邊拉門邊對我眨眼。

我忽然覺得這有點奇怪。這傢伙至少比我大三十歲。他是在和我調情嗎？那一刻，我努力回想之前他是否曾經這麼做，但隨後又把這件事拋到腦後。詭異的門房是我最不需要擔心的問題。

電梯齒輪發出嘎吱聲，在二十樓停了下來。對著頂樓公寓的電梯門一打開，我嚇了一大跳。在我來這裡的過去幾個月中，我從來沒看過這種事。這一幕足以讓我驚訝地合不上嘴巴。

溫蒂站在頂樓公寓電梯門口——她走出了客房，而且還用那雙綠色的大眼睛盯著我看。

「我們得談談。」

25

溫蒂抓著我的手臂，把我拉到沙發邊。她雖然瘦，但十分有力。不知道爲什麼，但我對此不怎麼驚訝。

我坐到沙發上，她在我身邊坐下，拉平睡袍蓋上骨頭突出的膝蓋。她臉上的瘀青看起來好多了，但眼眸仍和上次我看時一樣，布滿血絲。

「妳說妳願意幫我。」她說：「妳是眞心的嗎？」

「當然是！」

她嘴邊浮現幾乎看不到的微笑。這時我才意識到溫蒂非常漂亮。她枯瘦的身型和臉上瘀青讓我從來沒注意到這一點。「我聽了妳的建議。」

「我的建議？」

「妳離開後，」她說：「我想過要自殺。」

我倒抽一口氣。「我**沒有**給妳這種建議。」

「我知道。」她迅速地說。「但我覺得好無助。我要道格拉斯雇用妳，是覺得那是我離開這可怕狀況的最後一艘救生艇。後來我要妳離開，是因爲當下我認爲自己不可能逃離他身邊。所以，我到浴室去，想要割腕。」

「喔，天哪，溫蒂……」

「但是我沒那麼做。」她咬咬牙根。「因爲，就這麼一次，我不認爲自己完全孤立無援。我想起妳要我去聯絡道格拉斯不認識的人；一些我從前認識，但道格拉斯沒見過的朋友。接著，我想到費歐娜。她曾經是我最好的朋友，我們好久沒說話了，而且我沒有她在社交媒體上的聯絡方式。」

我看著她，揚起眉毛。「所以妳準備想辦法把她找出來嗎？」

「我已經找到了。」溫蒂一向蒼白的臉頰上有了血色。「我打電話給一個大學同學——我要她一定得保密，並且要到了費歐娜的電話號碼，今天早上，我們聊了好幾個小時。她在紐約上州的波茨坦郊區有一座農場。她大部分時間不用網路，只有家用座機聯絡得上她。我把我的狀況一五一十告訴她，她說，只要我需要，我可以和她待在一起。」

我爲她的主動出擊喝采，但這沒辦法解決她的問題。就算道格拉斯找不到她，她也不可能永遠躲在紐約上州。沒有身分證件或社會福利號碼，她甚至沒法找工作。這是從前恩佐能幫上忙的地方。以道格拉斯手邊的資源來說，只要她用眞名，他立刻就能找到她。同時，我從過去的經驗得知，遇到這些有權勢的人，報警一點用也沒有——他們懂得如何打通正確的關節。

「我知道那不是永久之道。」她承認。「可是沒關係，我可以在那裡躲一陣子，思考下一步該怎麼做。說不定在我躲著他時，可以找個律師在體制內協助我。又或者，我有可能找到人幫我重新開始。」她顫巍巍地吸氣。「重點是，我不必繼續留在他身邊，而且他不可能找到我。」

「這太棒了，溫蒂。」我說。而且我是打心底這麼想，儘管，我可能馬上會因此失去豐富的收入。但我留下了那天她硬塞給我的手鍊，說不定可以拿去典當，換取一個月房租。再說我有種感覺，明天和伯克談過以後，我們很可能還是會住在一起。

（或是就此分手，反正一定是兩者之一。）

「但問題來了，」溫蒂說：「我需要妳幫忙。」

「那當然！妳儘管說。」

「事情不容易，」她說：「但是我會補償妳。」

「**妳說什麼都行**。」

「我需要搭便車。」她拉攏領子的手有些發抖。「我的計畫是趁道格拉斯明天離開紐約時走人。他會在國內四處奔波，所以，就算他發現任何跡象，也不可能採取行動——總之，不可能立刻行動。」

「好……」

「費歐娜說，如果我能想辦法到奧爾巴尼，她可以去接我。」她說：「她沒辦法整天都不在農場裡。所以我需要搭車到奧爾巴尼。我可以租車，但這麼一來，我得出示證件，而……」

「我去，」我打斷她。「我會去租車，開車載妳到奧爾巴尼——沒問題。」

「謝謝妳，米莉。」她用雙手包握住我的手。「我保證一定會給妳現金。妳不知道我有多感謝妳這麼做。」

「別擔心錢的問題。」雖然我一向為錢所困，我還是說：「妳比我更需要錢。」

溫蒂張開雙臂擁抱我，直到那一刻，我才真正感覺到她的身體有多瘦弱。如果我抱得太緊，說不定會壓斷她的骨頭。

她抽身時，眼眶裡已經滿是淚水。「妳必須知道，如果妳幫助我，妳可能讓自己涉入險境。」

「我明白。」

「不，妳**不**懂。」她舔了舔微裂的嘴唇。「道格拉斯是個非常危險的人，我可以告訴妳，他會盡所有可能找我，把我帶回他身邊。**他會不惜一切代價**。」

「我不害怕。」我告訴她。

但我腦子裡有個聲音告訴我，也許我**應該要**害怕。這個聲音說：低估道格拉斯・蓋瑞克是個嚴重的錯誤。

26

第二天早上，我租了一輛車。

雖然我告訴溫蒂沒有必要，而且我用信用卡租車，她仍然給了我等值現金。我不想讓她與這筆租金有任何關係。

當然了，道格拉斯．蓋瑞克有相當的可能性懷疑我和他妻子的失蹤有關。但我絕對、絕對不會說出她的行蹤。就算他對我動粗——對此我絲毫不懷疑——也不會。一個能把妻子的臉打成那樣的人，什麼都做得出來。

「妳好，歡迎來到快樂租車公司。」櫃台的女孩歡樂地招呼我，這女孩看起來還不到可以租車的年齡。「有什麼我能為您服務的嗎？」

「我預訂了一輛灰色福特，」我告訴她：「透過網路訂的。」

女孩將我的資料輸入電腦，我掄起指頭輕敲桌子。我站在櫃台前，無法不注意到後頸的刺痛感。像是有人看著我。又一次。

我轉過身。租車公司的正面是整片落地玻璃，任何人都能輕而易舉地看進來。我幾乎以為會看到一個男人把臉貼在玻璃上瞪著我，但我什麼都沒看見。

我忍不住打冷顫。根據藍道太太的說法，薩維耶．馬林人在牢裡，不能交保，而且她告訴我——她已經把他踢出公寓了。所以，我為什麼還會有這種像是被人監視的感覺？況且，這不是第一次。自從薩維耶被逮捕後，這種感覺至少出現了五、六次。

事實上，長久以來，我一直不知道究竟是誰在監視我。如果真的是道格拉斯．蓋瑞克在紐約四處跟著我怎麼辦？但是這不合理，因為，在我開始為他工作前，就已經覺得身後有人了。然而我不能排除這個可能性。在餐廳戶外區用餐時，我看到的就是他。

如果道格拉斯知道我們的打算呢？如果他就在外面，親眼看著這一切呢？

「找到妳的車子了。」女孩說：「是一輛紅色的現代汽車。」

「不對。」我不耐地說：「我訂的是灰色福特。」匿名加上不引人注目是關鍵。這是我從恩佐身上學來的。

「我不知道怎麼說，但紀錄上顯示是紅色的現代汽車。我們現在沒有灰色福特了。」

「我真不敢相信。我預訂了車子，但你們竟然沒有保留我訂的車款？」

她無可奈何地聳肩。這不是我第一次碰到這種事。如果他們把我訂好的車子租給別人，那我何必預訂？「我不想租紅色車子，」我緊繃地說：「有沒有灰色現代汽車？」

她搖頭。「現在轎車款比較缺。我可以租給妳一輛灰色的豐田休旅車。」

我花了一點時間評估休旅車和紅色轎車哪個顯眼，最後租了紅色現代汽車。老實說，我只想走出這個地方。這趟路的目的是送溫蒂出城，但我覺得自己能離開城裡也挺好的。

27

如果把車流問題列入考慮，我們到達目的地大約要開五個小時。或者說，至少導航系統是這麼說的。

我們的計畫是在接近奧爾巴尼時，在高速公路邊找個便宜的汽車旅館。我把溫蒂留在那裡過夜，然後費歐娜隔天早上來接她。溫蒂帶的衣物足夠接下來兩、三星期穿用，身上的錢也足以撐過幾個月。

道格拉斯絕對找不到她。

我把那輛紅得刺眼的現代汽車停到距離頂樓公寓的一個街區之外，如此一來，老是對我眨眼的門房才不會向道格拉斯舉報，說他的妻子和管家一起坐進一輛紅色轎車。車子紅得誇張，我簡直像是在開一輛該死的消防車。但我沒別的辦法。

坐在車裡等溫蒂時，我的手機接到一通來自道格拉斯的訊息：

妳今晚會來嗎？

道格拉斯要我在他不在家時去打掃。我答應了他，而且，對於他連離開紐約後還繼續監控我的行程，我一點也不訝異。想到他回到家發現妻子失蹤，倒是讓我有些不安。爲了營造一切如常的假象，我回訊：

——我會過去。

我當然不會去。我會載他的妻子到安全的藏匿處。

儘管租車公司擺的烏龍和即將來臨的長途駕駛讓我煩惱，我還是忍不住對自己微笑。溫蒂終於要離開道格拉斯了。這是我覺得最有成就感的時刻，也是我決定取得社工學位的原因。我想要一輩子都能像這樣幫助他人。

我從後視鏡裡看到溫蒂提著兩件行李走過來。她把頭髮往後梳成簡單的馬尾辮，鼻子上架著深色墨鏡，身穿舒適的厚帽T搭配藍色牛仔褲。

我下車幫她把行李放進車後方的行李箱。她眉開眼笑地說：「我都忘了穿牛仔褲有多舒服。」

「妳平常不穿牛仔褲？」

「道格拉斯很討厭牛仔褲。」她皺著鼻頭。「所以我帶的全是牛仔褲！」

我邊笑邊把行李丟進行李箱。我們都上車後，我開啓衛星定位系統上路。我好幾年沒開車了，能再次坐上駕駛座眞好。當然了，在市區裡開車讓我超級緊張，但上了高速公路後就會一路順暢——至少在碰到交通顚峰時間前會如此。

「道格拉斯完全沒有懷疑？」我問溫蒂。

她推推圓鼻頭上方的墨鏡。「應該沒有。他在出發前會來和我道別，但我假裝睡著了。」她低頭看錶。「他現在可能正要登機前往洛杉磯。」

「很好。」

她抬起墨鏡看著我。「妳沒把這件事告訴任何人吧？」

「絕對沒有。一個都沒有。」

她似乎放心了。「我等不及了，我昨晚幾乎不能睡。」

「別擔心。我車開得超快。妳還沒發現，我們就到了。」

才說完話，我就在紅燈前急踩煞車，差點就撞倒一名親切地對我豎起指頭的行人。好吧，我們得盡快抵達，更重要的，是毫髮無傷地抵達。

停等紅燈時，我瞥了後視鏡一眼，無法不去注意我們後方的車。那是一輛黑色轎車。

而且右大燈破裂。

還是左大燈？我伸長脖子回頭看，因爲我老是分不清鏡子裡的左右邊。對，絕對是右大燈破裂。

我把脖子伸得更長，看向車子前端的格柵，發現上頭有個圓形的馬自達標誌。我一顆心直往下沉。後面，是那輛右邊大燈破裂的黑色馬自達。那輛我過去兩、三個月看過好幾次的轎車。

我試著去看車牌，在還沒能看清之前，後方就傳來陣陣喇叭聲。好，我必須在某些人掏槍攻擊我之前開車前進。

「妳還好嗎？」溫蒂墨鏡上方的額頭皺了起來。「有什麼不對勁嗎？」

我盤算著，不知該告訴她多少。我正在開車，不可能仔細看車牌號碼，但是她已經夠緊張的了。我不想嚇壞她，讓她知道我覺得有人在跟蹤我。

尤其是，萬一那個人是她的丈夫。

然而，那個人不見得一定是道格拉斯。不管藍道太太怎麼說，薩維耶·馬林大有可能已經出獄，然後跑來折磨我。

但這說來不太合理。無論薩維耶是不是在牢裡，他現在一定有自己的問題要解決，不會浪費時間來跟蹤我開車進曼哈頓，更遑論還一路跟到奧爾巴尼。

前往高速公路的路上，我開得很有技巧，變換車道時不忘看著馬自達是否會跟著我切換車道。對方不見得每次都會跟上，但每當我看鏡子，都會看到車子跟在後面。我甚至一度看到車牌的前三個數字和字母：五八F。

就跟尾隨我好一陣子的那輛車一樣。

「米莉！」我差點擦撞到一輛綠色休旅車時，溫蒂喘著說：「拜託，慢一點！我不想出車禍。」

「對不起。」我低聲說：「我只是好一陣子沒開車了。」

終於來到法蘭克林羅斯福快速道路時，我一眼仍盯著後視鏡。黑色馬自達一直跟在我後面。上了高速公路後要跟著我只會更容易。我們還沒碰到塞車的尖峰時間，所以車道上的車子不會太多。

但這也表示我可以把車開到最快，甩開對方。

上了快速道路，我把腳放在油門上，準備用力踩下。**看看那輛破爛馬自達的時速能不能衝到**一百三。然後我再看向後視鏡。

馬自達不見了。那輛車沒和我一起轉進高速公路。

我吐出一口氣，既安心一些，同時又感到困惑。我本來那麼確定那輛車在跟蹤我，我可以用生命當作賭注。但結果，一切只是巧合。沒有人在跟蹤我。

接下來的一切都會很順利。

28

「我們在麥當勞停一下吧。」溫蒂建議。

對於吃速食，她興奮到近乎病態。而我呢，由於我有百分之五十的飲食以速食解決，所以我沒她那麼激動。道格拉斯對溫蒂能吃什麼不能吃什麼極爲嚴格，看她那麼瘦又長期沒吃油脂食品，我好怕她吃一根麥當勞薯條就會送命。

我們運氣不錯，高速公路路邊出現一面招牌，上面有大大的麥當勞標誌。於是我在下一個交流道離開高速公路。反正車子需要加油。

我把車停到麥當勞停車場，溫蒂的眼神整個亮起來。她拉開車門時，油炸食物的香味衝進我的鼻腔。就在我正要跟著她下車時，我的手機響了。我抓起手機，看到螢幕上伯克的名字，我的胃開始往下沉。

喔，不——我一心想拯救溫蒂，完全忘了和伯克的晚餐之約。我怎麼再次對他做出這種事？他讓我那麼著迷，我爲什麼一直破壞我們的關係？

有時候，我懷疑自己是否故意這麼做，以便他現在，也就是在他聽到我眞正故事前和我分手，免得他日後爲了傷我更深的原因甩了我。

「妳先去。」我沙啞地說。「我在裡面和妳碰面。」

這次對話不會花太久時間。說不定會**非常快**。

溫蒂一下車，我就接了電話。毫不意外地，他聽來就在發怒邊緣。「妳在哪裡？我以為妳七點會過來。」

「好，所以妳幾點會到？」

「呃，」我說：「計畫有變。」

我真希望我能說自己轉個彎就會到，但事實上，我在幾小時車程的距離之外。而且，這話不容易說。「我今天晚上可能到不了。」

「為什麼不行？」

我迫切希望自己能告訴他。如果有個人能分享這件事，對我無異是個解脫，但溫蒂要我保密，而且理由正當。「我有事，要念書。」

「妳說真的？」伯克的情緒從發怒邊緣來到大爆發。「米莉，我們今晚有計畫。妳不但沒告訴我一聲就不出現，現在還找個要念書的爛藉口？」

我不知道這個藉口為什麼無效。我今晚很可能就是需要用功念書！「聽我說，伯克……」

「不，妳聽我說。」他持反對態度。「我一直很有耐心，但現在耐心快用完了。我必須知道妳對我有什麼感覺，必須知道這段關係要怎麼發展。我已經為更進一步做好了準備，我想知道自己是不是在浪費時間。」

伯克完全準備好要安定下來。我知道這有一部分和他的心臟疾病有關，也許人在進入三十後對某些事物的渴望也是原因。他不是鬧著玩的。我不是該認眞看待，就是得放手。這才是正確的做法。

「你不是在浪費時間。」我對著手機輕聲說：「我保證。我現在有點忙，但是我發誓，我眞的在乎你。」

「是嗎？因爲有時候我不確定妳是否眞的在乎。」

我知道他想要什麼。我也知道自己有兩個選擇；不是說出他想聽的話，就是割捨這段感情。

而我不想割捨。即使我對於馬上要說出口的話沒那麼眞心，但伯克是個很好、很好的人。我所想像和他一起的人生，是我一直想要的生活。而且我不想失去他。

「我眞的在乎你。」我深吸了一口氣。「我……我愛你。」

我幾乎聽得見我男友心裡的掙扎。「我也愛妳，米莉。我眞的愛妳。」

「我們必須談一談。」我必須把我的一切告訴他——而且要快。我沒辦法忍著等待避不開的結果。我必須全盤托出，確定他是眞的想和我在一起。「等事情告一段落，好嗎？下星期。」

「好。」伯克說。我相當確定他現在什麼都好。「如果妳書唸完，也許我們可以一起晚餐？然後到我家過夜。」

我們一向在他家過夜。我甚至不懂他何必在我家留下一套換洗衣物和一瓶備用藥。但無可否認地，他家舒服也方便多了。「當然好。」

「我愛妳，米莉。」

喔。現在開始，我們的對話顯然要用這種方式結束。「我也愛你。」

我掛斷電話，剛才的對話還讓我覺得不太舒服。我保住了男朋友，可是我能留他多久？他說他愛我，但有時候我覺得他幾乎不認識我。

說不定，一切會平順地走下去。說不定知道我的過去之後，他仍然會愛我。我們可以繼續在一起，買下郊區的房子，一起努力在裡面裝滿孩子。我們可以一起擁有正常、完美的人生。

只不過，我強烈懷疑這種事會發生在我身上。我從來不曾正常或完美，而在我的生命中，了解這件事的只有那個男人。

29

在最佳狀況下，這段路只需要開三到四個小時。由於交通流量，我最後在路上花了將近五小時，另外還要額外加上停在麥當勞的三十分鐘——但看到溫蒂狼吞虎嚥四盎司牛肉堡和一份中薯完全值回票價。而我還得開車回紐約，現在時間已經過了九點，所以，路上不會有太多車。我相信我能在三小時內開到。

接近奧爾巴尼時，我在一處有汽車旅館廣告的休息站開下交流道。這地方正好符合我們的期待，看來廉價，閃爍的燈光顯示出還有空房，所有房間門都對著外面，溫蒂要進房不必經過接待處。我把車停進車輛不多的停車場。

「嗯，」我說：「我們到了。」

「對……」溫蒂和我在這段路上沒怎麼交談，我們多半在聽音樂，而現在，她眼中的恐慌逐漸升起。「米莉，也許這是個錯誤。」

「這不是錯誤。妳做了絕對正確的事。」

「他比我聰明。」她雙手緊握。「道格拉斯是天才，而且手邊有的是錢。他會找到我的。他會查遍所有汽車旅館，櫃台那傢伙可能會把我供出來。」

「不，他不會。」我堅定地說。「因爲我會去幫妳訂房，記得嗎？沒有人會看見妳。」

溫蒂看來仍然處在恐慌症發作的邊緣，但她深吸了幾口氣，終於點頭。「好吧，妳可能是對的。」

溫蒂從皮包裡掏出一些現金交給我，我下車走到汽車旅館的大辦公室。站櫃台的是個二十出頭的年輕人，他滿臉鬍子，右手拿著手機，看來像是沒有比值夜班更讓他無聊的事。

「嗨。」我說：「麻煩你，我想要一個房間。」

他仍然低頭看手機。「請給我有照片的證件。」

我早知道他會這麼問，所以才不讓溫蒂自己來開房間。儘管如此，我對拿出自己的駕照頗感不安。這筆資料不會進入系統——可能只會存在這部電腦的硬碟裡。是說，道格拉斯不見得會找**我**，但誰知道呢。如果他有溫蒂所想那麼聰明，他可能會把事情串在一起。

如果眞是如此，那我眞的有危險。

還好，站櫃台的年輕人收下了現金，沒有爭論也沒要求看我的信用卡。如果他眞的要，我會遞出我的信用卡，但看來我們不必留下任何數位足跡，就可以辦好這件事。

「二〇七號房。」年輕男人轉身拿起掛在架子上的鑰匙。這太老派了。「房間在後面。」

「太好了。」

他對我眨個眼。「我知道那是妳想要的。」

我暗自呻吟。當然了，我知道這傢伙很可能會記得我——深夜一個女人獨自來開房——但希望他別想太多。說不定他會以爲我在耍花樣。那正好是我的目的。

我帶著房間鑰匙回到車裡。溫蒂從副駕駛座下來，壓低戴在頭上的棒球帽遮住前額。我在想，她應該盡快剪染頭髮，用廚房的大剪刀和藥妝店買來的便宜染劑就好。但目前先用棒球帽就可以了。

「太感謝妳這麼做，」溫蒂淚眼汪汪地說：「妳救了我，米莉。」

「我只是盡點棉薄之力。」

她看著我。「我想，我們兩個都知道妳幫了很多。」

我幫忙她拿行李箱裡的袋子，有那麼一下子，我們就這麼站在無人的停車場裡互相凝視。我不確定以後會不會再看到溫蒂。我希望不要，因爲如果我再看到她，就表示這次任務失敗。

「謝謝妳。」她又說一次。在我還沒完全弄清楚狀況前，她伸出雙手抱住我。再一次的，她骨架之脆弱纖細令我深感驚訝。我希望她在接下來的幾年間可以吃許多麥當勞速食。

「祝妳順利。」我告訴她。

「妳要小心。」她用沙啞的聲音說：「請千萬小心。道格拉斯會來找我，千方百計地找。」

「我能應付他的。我向妳保證。」

溫蒂看來不怎麼相信我，但她仍然提起行李箱裡的袋子。我看著她走向二〇七號房，那房間就在汽車旅館的後方。我看著她，直到她在我眼前消失才回到車上，準備開車回家。

30

我在接近午夜時回到紐約。

和我離開時的交通壅塞完全相反，這時間的馬路上沒什麼車，就算綠燈時我慢慢開，也沒有人會按喇叭催促我。沒有人會在星期三的半夜出門。

如果我過了午夜才還車，快樂租車公司會多收我一天費用，所以我必須及時回去。我把車開到他們的停車場時，時間差五分才十二點。他們最好別爲難我。

租車公司的櫃台後方有個年輕男人，他和三小時前在汽車旅館的年輕男人一樣無聊又冷淡。我把車鑰匙放在櫃台，然後向他推過去。

「午夜前還車，」我告知他：「所以只有一天。」

我做好準備，等著他開口爭辯，但這年輕人只聳聳肩，收下鑰匙。「好喔。」他說。

我打了個哈欠。我連續開了將近八小時的車，這讓我發現自己有多疲倦。我等不及想爬上床了。幸好我明天沒課，可以睡晚一點，而我的家事服務工作顯然不必繼續了。

只不過，我一踏出租車公司，就爲午夜還車這件事懷疑起自己的智商。現在我得回南布朗克斯，然後我沒車可開。就算我覺得我可以保護自己，我還是不確定這時搭捷運是不是明智的選擇。週末也許還行，但在星期三的深夜，捷運裡只會剩下我、搶犯和強暴犯。

問題是，我根本負擔不起叫車的費用。我甚至連工作都沒有。

我站在快樂租車公司的街區轉角評估自己的選項時，一組車燈照亮了馬路。我迅速轉頭，正好看到一輛車朝我開過來。一輛格柵上有馬自達標誌的黑色轎車。右大燈破裂。

我不必看車牌就知道是跟蹤了我兩、三個月的那輛車，也是今天下午我載著溫蒂時跟蹤我的車。而現在，他們逮到落單的我。在無人的街角。在深夜裡。

馬自達開到路邊停下來。我模糊地辨認出駕駛座上有個男人的身影。他熄掉引擎，但大燈仍然朝我的方向照，光線亮到我必須轉頭。

接著，車門打開來。

31

我不會束手就縛。

我發狂似的在皮包裡找防狼噴霧。在第一次對著薩維耶噴過之後，罐子裡還剩一些。如果來的是道格拉斯，我不會讓他從我身上問出任何消息。如果是薩維耶，我曾經摺倒他，我可以再做一次。我不害怕。

儘管如此，看到那人下車，我的心臟猛跳。

我的指頭一摸到防狼噴霧，立刻把罐子掏出來，手指放在噴嘴上。「別靠過來！」我厲聲警告陰暗的人影。

那道影子慢慢舉起雙手。我聽到一個熟悉的聲音。「別噴，米莉。」

我花了一下子才認出這個聲音。突然間，我全身暖了起來，臉上不自主地掛上笑容。我放下防狼噴霧劑，跑向仍然高舉雙手站在原地的男人。

「恩佐！」我張開雙手抱住他，高喊著：「喔，我的天！」

他回以擁抱，有那麼一會兒，我在前男友的懷抱中，除了純粹的喜悅，沒有其他感覺。從前，每當他這樣抱著我，我就覺得好安全，然而，我之前一直不太確定是否能再次享受他的擁抱。但現在，他人就在這裡。他寬闊的肩膀，濃密的黑髮，敏銳的雙眼，還有我最愛的笑容——這抹笑容讓我覺得我是他眼中最美好的人。

「米莉，」他在我的頭髮邊低語：「能回來，我好開心。」

「你什麼時候回來的？」

他稍微猶豫了一下。「三個多月前。」

如果這裡有張黑膠正播放動人的重逢音樂，他回答的這一刻，會是黑膠戛然停止的時候。我抽身退出恩佐的懷抱，張大了嘴。「三**個月前**？」

他羞愧的表情道出我需要知道的一切——不幸的是，這答案合理卻又可怕。過去幾個月，我一直有種被人跟蹤、監視的感覺。我把問題歸咎在薩維耶或道格拉斯身上，但這事和他們任何一人都無關。一直是恩佐。那輛右大燈破裂的黑色馬自達，車主是**恩佐**。我看到他太興奮，沒理會他直視我的目光。

「你一直在跟蹤我！」我啪一聲打在他的手臂上。「我簡直不相信！你為什麼做這種事？」

「不是跟蹤。」他縮緊下顎——天哪，我忘了他有多性感。這讓人分心，可是我不能分心，因為我完全有理由生這個男人的氣。「不是跟蹤，是當保鏢。」

「保鏢？」我交抱起雙臂。「這藉口太站不住腳了。你為什麼不直接走到我面前打招呼，而是跟著我四處跑了三個月？」

「因爲……」他垂下陰暗的黑色眼眸。「我以爲妳在生氣，因爲我沒有在妳想要我回來的時候回來。」

「對。我是很生氣。我問你什麼時候回來，你連答案都不願意給我。」

「可是，米莉，我沒辦法。我媽媽……她只剩下我，而且她病得那麼重。我怎麼能離開她？」

「你現在就離開她了。」我指出這個事實。

「對。」他皺起眉頭。「那是因爲她死了。」

哇，現在我覺得自己是個大混蛋。「我眞的很遺憾，恩佐。」

他安靜了好一下子。「是的。」

「我會……」我吞下哽在喉嚨的小硬塊。「如果你早告訴我，我可以去陪你。可是你光是……敷衍我。你知道的。」

「我當時只告訴妳我**不能**回來。」他咬著牙。「我從來沒說我不再愛妳。」他看了我一眼。「要結束的人，是**妳**。開始和那個伯什麼東西約會的人也是**妳**。」

我翻個白眼。「他的名字是**伯克**。」

「我只是想說，想往前走的人是妳，不是我。我還……我從來沒有停止愛妳。」

我哼了一聲。「對，好。你以爲我會相信在我之後，你沒和其他女人在一起。」

「沒有。沒有其他女人。」

他雙眼迎視我。他是眞心的，恩佐不會說謊，至少對我不會。但話說回來，我可能是錯的。我以前也沒想過他會偷偷摸摸跟蹤人。

「你一開始就不該那樣跟蹤我。」我說得很嚴厲。「那讓人發毛。你應該告訴我你回來了。」

「好讓妳要我滾蛋？」他抬起黑色的眼睛。「而且就像我說的，我是保鏢。妳需要保鏢。」

「我眞的不需要。我可以照顧自己。」

現在輪到恩佐嗤之以鼻了。「喔，**眞的嗎**？妳住在南布朗克斯的可怕社區。妳覺得妳不必我幫忙看著？我告訴妳，如果不是我在妳背後當妳的保鏢，妳至少有一天沒辦法從地鐵站走回妳的公寓。」

我後頸的汗毛全豎了起來。他說的是眞的嗎？他是不是在我發現之前，就已經出手解決埋伏在我身後的陰影？

「你自己也說了，我有男朋友。」我靜靜地說。「如果我需要，他可以保護我，非常感謝你。」

「就像他保護妳不受薩維耶．馬林欺負那樣嗎？」

聽到恩佐口中說出那個男人的名字，就好像有人一拳打在我臉上。「你這話什麼意思？」

即使在夜色裡，我還是看得到恩佐的雙手握起拳頭。「那個男人……他攻擊妳。我什麼也不能做，因爲事情發生在妳住的大樓裡。結果他們竟然**放他自由**。然後妳那個伯什麼東西——」

我整張臉發燙。「伯克。」

「抱歉，**伯克**。」他的聲音帶著怒意。「他什麼都沒做。**什麼都沒有**。他不在乎攻擊他女友的人還**在外面活蹦亂跳**。完全沒受懲罰！他就這麼逃掉了！可是我——我在乎。」他捶著胸膛。「所以我出手確保他會得到應有的懲罰，讓他永遠不能再打擾妳。」

我忽然感到頭暈目眩。我記得薩維耶被戴上手銬帶出我住的大樓，一邊叫喊說在他住處找到的毒品不是他的。藍道太太說，大家知道他販毒都很驚訝。「是你……」

他聳聳肩膀。「我認識一個傢伙。」

薩維耶是因爲恩佐才會進監獄。如果不是他，那個男人仍然會大搖大擺地走在街上。恩佐說得沒錯——伯克什麼都沒做。

突然間，我不確定自己該怎麼想了。

「來吧。」他揮手指向他的馬自達。「我送妳回家。妳再想想妳恨不恨我。」

好吧，這我能接受。

我上車坐在恩佐身邊，他坐在駕駛座。這車子聞起來有他的味道。是他一貫的木質香味。我閉上眼，迷失在過去的回憶中。當初他爲什麼要走？如今，一切變得好複雜。他犯了太多錯，我沒辦法就這麼原諒他。

還是，我可以？

「嗯，」開車往我住的地方時，他說：「妳今天那麼匆忙是要開車到哪裡？」

我拉拉牛仔褲上鬆脫的線頭。「問得好像你不知道一樣。」

「我不是什麼都知道，米莉。」他朝我看過來，陰影遮住大半張臉。「告訴我。」

於是我告訴他。

32

我把整件事告訴他。從道格拉斯的虐待到溫蒂的逃脫，鉅細靡遺。我答應過溫蒂不會告訴任何人，但恩佐不是任何人。他懂。他和我曾經並肩協助過像溫蒂這樣的女性。如果這個世界有個我能相信、能訴說這個故事的人，那個人只會是恩佐。

一直到我家大門口前，我才說完整個故事。恩佐沒怎麼說話。但他本來就是這樣。我從來沒見過這麼專注的聆聽者。我通常很感謝他讓我感覺自己說的話真的有人聽，但有時候，當我看不出他的想法，這種態度會讓我抓狂。

在敘述完如何在汽車旅館留下溫蒂，然後我獨自開車回來之後，我說：「就這樣了。她現在安全了。」

恩佐還是保持緘默。最後，他才說：「也許吧。」

「不是也許。她**是**安全了。」

「這個男人，道格拉斯．蓋瑞克，」他說：「他是個有權有勢又危險的人。我覺得事情沒這麼簡單。」

「你這麼說，是因為我沒靠你，自己獨力完成了這件事。你不願意相信，我沒了你也能做得到。」

他把車子停到我公寓的門口。除了一個男人在轉角抽可能不是香菸的東西，陰暗的街上完全沒有動靜。看著這條街道時，我明白恩佐為什麼覺得有必要保護我，即使我仍然不相信我有這個需要。

他轉頭，迎視我的目光。「我相信妳可以做任何事。」他靜靜地說：「可是，米莉，我只是說……要小心。」

「溫蒂非常小心。」

「不對。」他用深色的雙眼看著我。「**妳**要小心。她離開了，但妳還在這裡。」

我懂他想說什麼。如果道格拉斯發現我與他妻子的失蹤有關，他會讓我陷入困難的處境當中。但我已經做好準備，知道如何面對他。我和比他更糟的人打過交道，而且最後還打了勝仗。

「我會小心的。」我告訴他：「擔心我已經不再是你的責任。所以你不必保護我。」

「那誰會？伯什麼東西嗎？」

我的臉孔脹紅了。「事實上，我不需要你們**任何**一人的保護。當那混蛋在我住的大樓裡攻擊我時，是我自己處理了這事。所以了，別擔心我。如果你眞的想要，你該爲道格拉斯的安危擔心——他的危險來自**我**。」

「嗯，」他說：「那也是。」

我們互望了一會兒。我眞希望他沒有離開我回義大利。如果他沒有離開，他可以幫我協助溫蒂。他可以早點把他不同的看法告訴我，如此一來，我們就可以一一解決。他可以幫溫蒂弄來新證件，讓她有更多選擇。

如此一來，今晚，我可以和他回家，而不是跟伯什麼東西。呃，我是說，**伯克**。

「我最好走了。」我說。

他慢慢點頭。「好。」

儘管不想下車，我還是解開了安全帶。「你不能再跟著我了。」

「好。」

「我說眞的。」我瞪著他。「我現在有約會對象。你在**跟蹤**我。這讓我很不舒服，而且完全沒有必要。你必須停下來。否則……我就必須報警或另外處理。」

「我說了，好。」他一手貼在胸前。他在薄夾克下穿了一件T恤，儘管如此，我是還能看出衣服下的肌肉。「我保證。不會繼續看著妳了。」

「很好。」

我不會再有那種被人跟監、毛骨悚然的感覺。右大燈破裂的黑色馬自達之謎已經正式破解，那輛車再也不會困擾我。我應該放心才對，然而我卻沒有。如果硬要說我有什麼感覺，只能說是更不安了。我本來還有個守護天使，雖然我完全不知情。

「那麼……」我推開副駕座車門。「我想，該說再見了。」

我準備下車，但恩佐握住我的前臂。我轉頭看他，發現他眉頭緊皺。「我手機的號碼沒變，」他告訴我：「需要我就打電話。我隨時在。」

我想擠出笑容，但不怎麼成功。「我不會需要你的。你應該……比方說，另外找個女朋友。我是說眞的。」

他放開我的前臂，但那抹不滿神情仍停留在嘴邊。「妳打電話，我會等。」

他看來那麼確定我會打電話找他，這眞是讓我很惱了。如果他了解我，他至少該知道我有能力照顧自己。有時候甚至照顧得有些太好。

我爬上通往三樓的階梯，一種可怕的感覺從胃部深處往上爬。如果恩佐說得沒錯呢？如果我眞的低估了道格拉斯·蓋瑞克？畢竟，根據我所看到的一切，他眞的是個很可怕的人，況且他還非常富有。

溫蒂不可能那麼容易就離開他，對吧？從前，恩佐和我幫助女人離開施虐的丈夫時，我們會精準做出計畫，而即使在當時，我們有時還是會被發現。我有種感覺，道格拉斯比我們接觸過的其他許多男人更聰明。即使我現在知道跟蹤我的人不是他，他可能還有其他方法監視他的妻子。

假如他對我們今晚的計畫瞭如指掌呢？

爬到三樓平台時，這個念頭就像一噸磚塊似的敲中我。這棟公寓的三樓和外面的馬路一樣安靜。即使恩佐逗留在外面——儘管我要他保證他不會那麼做，他也幫不到身在裡面的我。

我瞪著我家關著的門。門的內側有個門栓，但我整天都在外面，沒辦法鎖上那道門栓。更可悲的是，門上的鎖頭極其容易打開，可能連我都能弄開。但我從來不會為此煩心，因為我家沒什麼值得偷的東西。

如果有人想潛進我家，簡直是易如反掌。

我右手拿著家門鑰匙，但在插進鎖孔前，我猶豫了。如果道格拉斯比我早一步呢？如果他等在裡頭，準備不擇手段地逼我說出溫蒂的所在位置？

無論恩佐在哪裡，他都不可能走遠。我手機裡有他的號碼——我一直沒有刪除。我可以打電話要他陪我進公寓，確認裡頭安全無虞。

不過當然了，在我發表了那番我不需要他的言論之後，我必須吞下我的驕傲。但我這輩子做過許多次這種事，多一次又怎樣？

我握緊鑰匙。我必須做出決定。

我推開讓我心神不寧的疑慮，把鑰匙插進鎖孔。轉動鑰匙時，我的心臟狂跳，但我還是推開了門。

當下，我幾乎預期有人要撲向我。我咒罵自己沒有事先準備好防狼噴霧。但走到屋裡，我看到一片平靜。沒有人等著我，沒有人撲向我，裡頭根本沒人。

「嗨？」我喊道，像是屋裡眞坐著某個等我打招呼的闖入者。

我沒聽到回應。家裡只有我一個人。道格拉斯也許會把事情兜在一起，但那還沒發生。

於是我關上背後的門，拉上門栓。

33

「知道嗎？」伯克叉起泰式炒麵送進嘴裡，說：「我們法律事務所開了一個兼職接待員的職缺。妳有興趣嗎？」

我們兩人在伯克家的小餐室裡吃晚餐。蓋瑞克家有獨立的正式餐室，但紐約大部分公寓的餐室都只是起居室旁邊的小空間，萬一用餐人數超過四個人，餐桌可以手動拉長。以曼哈頓的標準來說，伯克的公寓已經算**大**了。一般**小**公寓是連用餐的地方都沒有，甚至廚房、起居室、臥室和浴室會在同一個隔間裡，比方我家就是。

儘管如此，如果他有意，他負擔得起更好的房子。他有富裕的雙親——不像道格拉斯．蓋瑞克那樣富得流油，但絕對屬於上流社會——可是他不願意用他們的錢，無論他們如何努力地塞給他都一樣。**他們教我捕魚**，他很喜歡這麼說。他覺得他父母支付長春藤大學和法學院的學費已經足夠，現在，輪到他為自己的生活打拚，換句話說：**自己捕魚**。

我敬佩他有這個想法。他眞的很好。而且，我非常感激他沒有施壓，沒有要求我為「談談」定下確切日期，是說，我現在覺得我可以無限期延後——即使我知道我不該推拖。

我在白飯裡拌入更多紅咖哩。我很愛這家餐廳的食物，因爲他們的咖哩總是超級辣。「祕書性質的工作嗎？」

伯克點頭。「妳在找工作，對吧？」

我載溫蒂到奧爾巴尼已經是三天前的事了。我輕描淡寫地告訴伯克，說蓋瑞克家不再需要我的服務，而他沒理由懷疑其中另有蹊蹺。道格拉斯．蓋瑞克明天會結束出差行程返家，我一想到這件事就胃痛。但我仍然相信事情會有很好的結果。

無論如何，我都必須找個方法辭職。也許我下星期會發簡訊給道格拉斯，告知他我因爲行程滿檔，沒辦法繼續替他工作。那麼一來，我就悲慘地失業了。老天，工時固定又有**公司福利**的工作，眞是太吸引人了。

「聽來很棒。」我說：「可是接待員的工作可以配合我學校的課表嗎？」

「我剛剛說了，那是兼職的工作。」他說：「他們其實希望能找到可以在週末上班的人，這對妳來說正好。」

完美，絕對完美。伯克說過，他們公司員工的薪水很優渥。而且如此一來，我不必再應付神經兮兮的曼哈頓夫婦。

當然了，如果伯克的事務所考慮雇用我，他們一定會做背景調查。當他們發現我的過去，伯克也會知道。我能想像得到他的同事拿這件事嘲笑他。**嘿，伯克，聽說你**

女朋友蹲過牢。

我幾乎可以想見他的反應。他一貫閒適的笑容從臉上消失。**什麼？你這話是什麼意思？**接著是他下班回家後的對話……喔，天哪……

這愈來愈瘋狂了。我瞞他瞞得夠久的了。如果我告訴恩佐這傢伙就是我命定之人，這表示我對他是認眞的。這也表示我必須徹底坦白。

「還有，」伯克說：「我爸媽下個月會來紐約參加婚禮。我……」他對著我揚起一邊嘴角。「我想安排大家一起吃個晚餐。」

「你爸媽？」我差點噎到。

「我想讓他們和妳見面。」他伸手越過小小的餐桌，蓋在我的手上。「我想讓他們認識我愛的女人。」

如果我們參加說「我愛你」比賽，伯克會以二比一的比數獲得壓倒性勝利。

這逐漸失控了。我不能繼續拖延「談談」的時間。我必須把一切告訴他。現在就說。

「嘿，伯克。」我放下叉子。「有件事，我必須和你談一談。」

他挑起一側眉毛。「哦？」

「對……」

「聽起來不是好事。」

「不是，這……」我想吞口水，但我的喉嚨乾澀。我伸手拿杯子，但剛剛在吃辣咖哩時我把水喝光了。「讓我先去裝點水。」

伯克看著我抓起水杯衝進廚房。我把杯子放在濾水器下面，就這麼一次，我希望水出得慢一點。正在裝水時，我口袋裡的電話震動了。有人打電話給我。

螢幕上顯示出溫蒂的名字。我留下她的號碼，以防我們的逃脫計畫出錯，而她需要找我。但是她把手機留在頂樓公寓裡。所以，她現在為什麼會打電話給我？

我接聽電話，壓低聲音免得伯克聽到。我相信他不會贊同這種事，況且他顯然認識道格拉斯．蓋瑞克，還覺得他是個好人，反正我絕不能在他面前透露任何事。「溫蒂，」我用氣聲說：「怎麼了？」

有那麼一下子，電話線另一端完全沒發出聲音。接著我聽到低聲啜泣。「我回來了。他把我帶回來了。」

「喔，老天……」

「米莉。」她的聲音破碎。「妳能不能過來？」

伯克的公寓距離蓋瑞克家的頂樓公寓大概只有十五分鐘路程。我可以在二十分鐘內抵達。但我怎麼能？我才剛要和男友展開一段嚴肅的討論，我們的對話可能要花一整晚時間。

但是，他不像溫蒂那麼需要我。

「我很快就到。」我答應她。

我把水杯留在廚房裡，走回小餐室。看來，伯克在我走進廚房後就沒再碰他的泰式炒麵。「怎麼樣？」他說。

「聽我說，」我說：「我突然有件急事。我……我得先走了。」

「**現在**？」

「對不起，」我說：「我們明晚再談——我保證。」

伯克癟起嘴。「米莉……」

「我**答應**你。」我用雙眼懇求他。「而且……我很想見你父母，我覺得那很棒。」

我最後的聲明似乎澆熄了他的怒火。「我知道，和我父母見面會讓妳緊張。」他說：「但是妳會愛我媽。她也來自布魯克林，她念的是布魯克林大學，說話和妳的口音一樣。」

「我說話沒有口音！」

「妳有。」他咧嘴對我笑。「很輕，很可愛。」

「是啦……」

他站起來，對我敞開雙臂。我雖然急著趕到頂樓公寓，但我還是讓他擁抱我。

「我只是想讓你知道，」他說：「關於妳必須告訴我的事，無論妳覺得那有多可怕都沒有關係。無論如何，我都愛妳。」

我望進他那雙藍眸，看得出他是眞心這麼想。「我們很快就能談這件事，」我保證。「而且……我也愛你。」

每說一次，這句話就會愈來愈容易出口。

他深深地親吻我的雙唇，在那一刻，我眞希望自己不必離開。但是我沒有選擇。

34

電梯齒輪的摩擦聲比平常更響。

我不禁納悶，這座電梯到底有多老了。我在某處讀到過，一直到一九二〇年代晚期才開始有家用電梯。也就是說，就算這座電梯是史上最早的一批產品，年紀也還不到一世紀。所以，這足以讓人寬慰，對吧？

雖然這麼說，但我相信總有一天，所有老舊齒輪會在轉動過程中鏽蝕，然後我會被困在電梯裡度過餘生。

我低頭看錶。現在距離溫蒂打電話給我還不到二十分鐘。在這期間，我試著再打電話，讓她知道我上路了，但是她沒接。我很害怕，不知道自己到二十樓會看到什麼。

我的天，這電梯乾脆更慢一點吧?!

終於，隨著嘎吱聲響起，電梯停下，門打開來。太陽已經西沉，頂樓公寓一片陰暗。爲什麼沒人開燈？這裡是怎麼搞的？

「有人在嗎？」我大聲問。

接著，我腦子裡出現一個可怕的想法。

如果道格拉斯在家怎麼辦？如果是他強迫溫蒂打電話要我過來，好懲罰我對她的協助呢？這很像他做得出來的事。

我伸手到皮包裡找防狼噴霧。我在粉餅旁邊找到防狼噴霧，掏出來後，用右手緊緊握住。

「溫蒂？」我尖聲喊。

我把左手身到牛仔褲口袋找手機。我不想報警，但同時，我對於即將在頂樓公寓裡看到的景象，有種恐怖的預感。

我走進起居室，在這個安靜、空洞的公寓裡，我的腳步聲就像槍聲一樣響。我的心臟在看到地毯上的紅色汙漬時直接停掉。接著，我看到癱躺在L型沙發上的人。

「溫蒂！」我喊出來。

這比我想的要糟得多。道格拉斯不是正在尋找他的妻子也不是試著報仇。他已經找到了她，而現在她躺在沙發上，死了。我跑過去，以爲會看到她胸前的傷口，以及深藍色洋裝前襟的血跡。可是我兩者都沒看到。

接著，她張開雙眼。

「溫蒂！」我覺得自己彷彿馬上會心臟病發倒下。我希望我帶著伯克的心臟藥，因爲我的心跳已經進入瘋狂的節拍。「喔，我的天！我以爲妳——」

「死了？」她坐起身，這時我才意識到地板上的紅色汙漬是紅酒——咖啡桌上有個酒杯翻了，如果我不弄乾淨，道格拉斯絕對會發瘋。她苦澀地笑。「喔，我希望我死了。」

剛才我忙著看她身上有沒有傷口或血跡，沒注意到她的左臉頰，一處新近出現的瘀傷正好就在還沒完全褪盡的舊傷上。看到瘀青，我忍不住瑟縮——我能想像這樣的傷勢是怎麼造成的。

「妳的臉。」我吸了一口氣。

「那不是最糟的。」溫蒂撐直身體，畏縮地抓著肋骨。「他一定打斷了我的肋骨。」

「妳必須去醫院！」

「不可能。」她看了我一眼。「但冰袋會有用。」

我跑進廚房，看到冷凍櫃裡有個冰袋。我拿毛巾包起冰袋，帶過去給她。她感激地接過去，考慮該放在哪裡，最後才把冰袋放在前胸。

「他在等我。」她說話的音量沒比耳語大多少。「當我們抵達費歐娜在波茨坦的農莊時，他已經到了。他**早就知道**。」

我搖頭。我不懂這怎麼可能發生。我知道他遲早會發現，但是有可能那麼快嗎？

「我不知道他怎麼會那麼快找到我。」她閉上眼睛，彷彿想排除頭痛。「我曉得他最後可能還是會找到我，但是不應該那麼快。我以為我會有更多時間……」

「我懂……」

「米莉。」她移動身子，冰袋的位置跟著偏移。「妳有沒有把我們的去處告訴任何人？」

「絕對沒有！」

嗯，這不是百分之百的眞話。我的確告訴了一個人。我告訴了恩佐。但告訴恩佐等於沒告訴任何人。這種事，恩佐一個字也不會說出去。若他眞的做了什麼，也只可能是保護她。

「我太笨，以為我有可能離開他。」她調整冰袋的位置。「這是我的人生。如果我……就這樣接受，可能會容易一點。」

「妳不該接受。」我伸手去握住她的手。「溫蒂，我會幫妳。妳不必一輩子忍受他。」

「我知道妳是一片好意……」

「不。」我的下巴抽動著。「聽我說。我會幫妳，我保證會。」

溫蒂什麼也沒說。她不再相信我了。但我會找到辦法修正這件事。道格拉斯・蓋瑞克這樣傷害她，我不會讓他全身而退。

35

我還在蓋瑞克家工作。

我不能把自己爲什麼決定留在蓋瑞克家，而拒絕去他們事務所面試的眞正原因告訴伯克，我只說，他們最後決定還是需要我。伯克沒有提出進一步的問題，但這主要是因爲我一直在避著他。

下次我見到他，一定要坦白說出我的過去。不過，我還是很害怕，所以過去幾天，我一直盡量地忙碌。我雖然答應他會儘快給出解釋，但是不誇張，我眞的是一直沒有找到好時機。也許好時機永遠不會出現。

可是我必須告訴他，讓他知道眞相，至少得在他把我介紹給他父母認識之前——喔，天哪。

今晚，我要幫蓋瑞克夫婦準備晚餐。雞胸已經放進烤箱，爐子上正在滾煮馬鈴薯——之後我必須用食物處理機打成完美的綢狀薯泥，完全符合道格拉斯的口味。要不是我知道溫蒂也得吃，我會在薯泥裡吐口水。

我正在檢查烤雞胸時，溫蒂探頭進廚房看。她臉上的瘀青看起來好多了，而且她走路時也不會再縮著身體，所以我想她應該在恢復中。

「晚餐快好了。」我告訴她。

她在廚房門口徘徊了一會兒，最後說：「我得和妳談一下，米莉。妳可以來起居室嗎？」

食物放幾分鐘應該沒關係，於是我立刻跟著溫蒂到起居室，然後走向角落的一張書桌旁邊。她臉上的表情很奇怪，這讓我頗爲擔心。兩、三天前，我向她保證我會找出方法解決她的問題，可是到現在，我還沒有實踐我的諾言。但是我一**定會**。

我只是想在不把恩佐牽扯進來的狀況下，自己找到解決方式。

「前幾天我在道格拉斯的書架上發現一個東西。」她告訴我。「我想讓妳看看。」

她跛著腳走上樓梯，來到走廊邊的一座書架前面，我既好奇又焦慮地跟在後頭。她從書架上抽出一本看似字典的書，放到空的層板上。她翻開字典後，我才發現字典裡面被整個挖空。

裡面有一把槍。

我一手摀著嘴。「我的天，是道格拉斯的嗎？」

她點頭。「我知道他在家裡放了把槍，但一直不知道他放在哪裡。」

「他甚至沒鎖起來？」

「我猜，他是想在必要時能夠很快拿到。」溫蒂拿起字典裡的槍。她拿槍的樣子，像是從來沒拿過槍的人。「這是一條出路。」

「不，**不是的**。」我壓下胸口滿溢的恐慌。「相信我，無論妳如何絕望，妳絕對**不會想這麼做**。」

我對槍枝沒什麼經驗，但我對人在絕望下會有哪些激烈反應倒是知道不少。我絕對、永遠不要再走上那條路。而且她也不應該。

但溫蒂沒聽我說話。她雙手握著槍瞄準對側。雖然她手指沒放在扳機上，但意圖很明顯。

「拜託，別做那種事。」我懇求她。

「槍裡填了子彈。」她說：「我查過該怎麼檢查。這把槍裝了五發子彈。」

我拚命搖頭。「溫蒂，妳不會想要做這種事的，眞的。」

她轉頭看我，泛紫但逐漸褪成黃色的左臉頰是她丈夫的傑作。「我有什麼選擇？」

「妳想下半輩子都待在牢裡嗎？」

「我已經在牢裡了。」

「聽我說。」我盡可能輕柔地拉出她手中的槍，然後放回書桌上。「妳不會想這麼做的，妳還有別的方法。」

「我再也不相信妳了。」

我想像溫蒂拿著槍指著道格拉斯的臉。以她剛才拿槍的樣子，再加上不停發抖，就算在近距離，她也很可能擊不中目標。「妳有沒有概念？知不知道該怎麼擊發這東西？」

她聳聳肩。「把槍指著想殺掉的人，然後扣下扳機。這又不是什麼複雜高深的學問。」

「不止這樣。」

她張大了雙眼。「妳以前開過槍嗎，米莉？」

我猶豫了太久。是的，對於開槍，我是有那麼一點點經驗。恩佐深信那是一門應該要學會的好技術，所以我們去過靶場幾次。我們上過槍枝安全課程，也拿到了執照。但除了在靶場，我從來沒有開過槍。我完全稱不上專家。「算有吧。」

她意味深長地看著我。「米莉……」

「不。」我拿起槍，放回假字典裡，然後啪一聲重重地蓋上字典。「這是不可能的事。」

「可是——」

無論溫蒂要說什麼，都被電梯門打開的噪音打斷了。我飛快地拿起字典塞回書架上原來的地方，溫蒂以驚人的速度衝回客房。我連忙下樓，以免道格拉斯意識到我在做什麼。

道格拉斯走進起居室，正好看到我下樓，他顯得有些驚訝。他揚起粗黑的眉毛。

「我以為妳會準備晚餐？」

「我是。」我安撫他。「晚餐已經在烤箱裡了。」

「這樣啊……」他用深邃的雙眼打量我的臉，仔細到讓我不安。「那麼晚餐是什麼？」

「烤雞胸，馬鈴薯泥和糖漬胡蘿蔔。」我回答，儘管說，今晚的菜單是道格拉斯親自安排的。

道格拉斯想了想。「別幫我太太盛馬鈴薯泥，她的胃會不舒服。」

「好……」

「還有，只要給她半份雞胸就好，」他補充道：「她一直不舒服，我想她應該吃不多。」

我瀝乾溫蒂不能吃的馬鈴薯，終於了解她為什麼瘦得離譜。每晚為她端上晚餐的人是道格拉斯。他控制了她吃進嘴巴的每一口食物。

除了其他手段，他甚至還有計畫地讓她挨餓。這又是另一個控制她的方法，讓她保持虛弱，扼殺她的心靈。

溫蒂是對的。這事必須做個了結。

往好的方面想，我現在可以放心在馬鈴薯泥裡吐口水了。

36

爬上床時，我還想著放在字典裡的那把槍。

溫蒂讓我看槍時，她那個眼神我不會看錯。她不是開玩笑的。她已經絕望，而且來到了**不是他死就是我亡**的關頭。這種節骨眼最是糟糕。在這種時候，人會開始犯愚蠢的錯誤。

我遲早要給恩佐打電話，而且這種事宜早不宜遲。他比我更能幫助她。但我現在不能打給他，都快要午夜了。如果他看到我在這種時候打電話，絕對會以爲我在想色色的事。我不願讓他有這種錯誤的聯想。

儘管如此，自從我到奧爾巴尼那夜起，我內心有一小部分就不停地想到他。我還是氣他就那樣消失，但無法否認，當我看到他走下車，我的內心就只有純然的喜悅。這讓我突然意識到自己從未對伯克有相同的感覺，也不確定日後會不會有。

這對伯克不公平。我的男友明明有那麼多優點。最重要的是他靠得住，在我有需要時絕對不會拋棄我。這一點我可以確定。

但話說回來，我一直沒辦法把溫蒂的遭遇告訴他。他的反應會是立刻報警，不要擅自介入。典型的律師思維。

身在隔壁行政區的伯克彷彿耳朵癢了，因爲我手機跳出他的訊息：

愛妳。

我咬著牙。天哪，這男人究竟要說幾次他愛我？他期待我回應相同的訊息，但我現在就是無法讓自己那麼做。這些「我愛妳」綁架了我。所以，取而代之，我回給他一張嘟嘴作親吻狀的自拍照。這也算是某種程度的我愛你，對吧？他立刻回訊：

好可愛。希望妳在這裡。

我的天，他寫的每一個字都要讓我因爲沒搬去和他同住而內疚嗎？

我挫折地把手機扔到一旁，起床準備刷牙，這時手機響了。可能是伯克，因爲我沒有回他訊息。他可能要問能不能過來找我，而我必須嚴正地拒絕他。

只不過，當我低頭看螢幕時，發現來電的不是伯克，而是**道格拉斯**。

道格拉斯怎麼會在半夜打電話給我？

我低頭看了好一會兒，心臟劇烈跳動。雇主半夜打電話來，絕對不可能是好事。

我雖想讓這通電話進入語音信箱，但最後還是按下接聽鍵。

「米莉。」他說得簡短。「我沒吵醒妳吧？」

「沒有……」

「很好。」他說：「抱歉這麼晚打電話給妳，但我覺得最好現在讓妳知道。這星期過後，我們就不需要妳的服務了。」

「你……你要開除我？」

「嗯，」他說：「不完全是開除，比較像是讓妳走。溫蒂似乎好多了，她想再次在自己的家裡保持隱私。」

「喔……」

「我不是說妳不適任。」哇，眞是謝了。「只是夫妻間需要隱私。妳懂我在說什麼嗎？」

我清楚接收到他的訊息。他不想讓我和溫蒂談話，或企圖幫助她。

「妳懂，對吧，米莉？」他逼問。

「當然。」我咬著牙說。「我當然懂。」

「很好。」他的語氣放輕了。「爲了感謝妳爲我們做的一切，我想給妳兩張大都會球賽門票。妳會喜歡吧？」

「是的。」我慢慢說：「我喜歡大都會球隊……」

「好極了！就這麼決定了。」

「嗯哼。」

「晚安，米莉。祝妳有個好夢。」

我掛斷電話，不安的感覺沒有消失。這段對話讓我有些困擾——我沒辦法確切指出哪裡不對。我倒回床上，這時我低頭看到我穿來當睡衣的寬鬆版T恤。

大都會球隊的T恤。

我抬起眼睛看著我面前的窗戶。一如往常，百葉窗是緊緊拉上的。我跑到窗邊，用指頭撥開百葉窗，看向外面的馬路。外頭一片漆黑，沒有具威脅性的人站在外面，沒有人拿著望遠鏡透過窗戶窺視我。

也許這只是個巧合。我是說，我是紐約人，有誰不喜歡大都會隊？

但我覺得不是那樣。提到大都會球賽門票時，他說的是：「**我想給妳兩張大都會球賽門票。妳會喜歡吧？**」

天哪，要是他能看到我在家裡呢？

然而，我穿大都會球隊T恤睡覺不是什麼天大的祕密。說不定在什麼時候，我身穿睡衣打開了門。況且我所有男友都知道——即使清單上只有伯克和恩佐。

只不過，我還有其他幾件充當睡衣的襯衫。道格拉斯知道我**今晚**穿什麼。

我曾經對溫蒂發誓絕對不會放棄她，但我得承認我真的嚇壞了。百葉窗關上了。

我從來不會在晚上拉開百葉窗，尤其是換上睡衣之後。

拿起手機發訊給伯克時，我的雙手還在發抖。

——你想過來嗎？

他像以往一樣立刻回答：

我盡快到。

37

等我折好洗乾淨的衣服，就要去找伯克共進晚餐。

道格拉斯發了簡訊給我，安排我最後一次打掃的時間。這次過後，我必須再找新工作，所以我希望他會給我一大筆小費。但我也沒有太期待。

最後一次在蓋瑞克家工作值得我高興。我沒有放棄溫蒂，但是我不想繼續來這裡工作。道格拉斯．蓋瑞克讓我覺得毛骨悚然，我能離這人愈遠愈好。我會在外面盡全力幫助溫蒂。

今晚，我心頭還有個沉重的負擔：

這裡打掃結束後，伯克和我要「談談」。前幾次和他見面時，我們都小心地避開所有嚴肅話題，但時間拖得夠久了。我要去他家，而且會把一切告訴他。完整的米莉百科指南。也許我們會就這麼結束，但也許他能接受。只有一種方法能知道答案。

蓋瑞克家的衣物大多送乾洗，所以我要折的只有少數內衣褲和襪子，而且在我丟進洗衣機時，這些衣物看起來甚至沒有弄髒。把衣物分類放進對應的抽屜時，我忍不住想到藏在書架上的那把槍。

先前，我要溫蒂發誓她不會做蠢事，儘管她答應了我，但我不完全相信。她已經忍無可忍了。在她雙手握槍時，我看得見那張滿是瘀傷的臉孔上流露出絕望。下次道格拉斯再惹惱她，她很可能會殺了他。

是說，如果那混蛋被殺，我可不會介意。但如果她開槍，她會進監獄。她從來沒去找醫師或進醫院證明自己受他凌虐，儘管我願意爲我所知的一切出庭作證，但這可能不夠。

稍早，我正式決定我明天要打電話給恩佐。最好的狀況，可能是我完全退出這件事——尤其是我不再爲他們工作——然後讓他全權處理。畢竟，他在各種行業都有「熟人」。當我們還在約會時，組成一支兩人團隊相當合理，但事實是，如今，我很難待在他身邊。

恩佐會幫助溫蒂。我知道他會。

就在快要收拾好乾淨衣物時，我聽到走廊尾端傳來碰撞聲。我之前聽過這個聲音。差別是，現在我知道那是溫蒂受到傷害的聲音。

我從主臥室走出來察看。和往常一樣，客房的門緊緊關著，但我聽得到道格拉斯在裡面說話：

「我剛剛看到這張信用卡簽單！」他在走廊尾端吼著：「這是什麼？在奇波拉餐廳吃了八十美金的午餐？」

我從來沒聽過他用這種口氣說話。他一定沒意識到我在公寓裡。他說過，要我早點離開，所以他一定以爲我早就走了，他可以隨心所欲對她說話，不怕被我聽到。

「我……對不起。」溫蒂好像陷入狂亂狀態。「我和我朋友吉賽兒碰面吃午餐，她在待業中，所以我提議請客。」

「誰說妳可以離開公寓？」

「什麼？」

「**誰說妳可以離開公寓，溫蒂？**」

「我……我只是……對不起，只是，老是待在家裡不容易，而且……」

「說不定會有人看見妳！」他怒氣沖沖地叫嚷。「他們可能看見妳的臉，那樣一來，大家會怎麼看我？」

「我……對不起，我……」

「竟然還敢說妳覺得對不起。妳不會用腦是不是？妳**想要**別人認爲我是怪物！」

「不是，不是這樣。我發誓。」

接著，客房裡安靜了好一會兒。他們吵完了嗎？我是不是該闖進去，或者我該報警？但是，不行，我不能報警——溫蒂說過那不在考慮範圍內。

我眞希望在紐約警局裡有朋友……

我鼓起勇氣，豎起耳朵，躡手躡腳走向客房。正在我打算敲門時，道格拉斯又開始說話，而且這次聽起來更生氣。

「那個餐廳對妳和妳朋友來說羅曼蒂克得很，是不是？」他說。

「什麼？不！餐廳不是……羅曼蒂克……」

「我永遠聽得出妳在說謊，溫蒂。妳確實是和什麼人去吃那頓花俏的午餐？」

「我告訴過你！是吉賽兒。」

「對。現在說實話。是不是那個開車載妳去紐約上州的男人？」

我靠得更近了，溫蒂在啜泣。

「是吉賽兒。」她抽噎地說。

「妳鬼扯，」他惡聲惡氣地說：「我不會允許我的蕩婦老婆和野男人在外面鬼混！太丟人了。」

這時，客房裡傳出讓人作嘔的碰撞聲。溫蒂放聲尖叫。

我不能讓他傷害她。我必須採取行動。只不過，房間裡突然整個安靜下來。

隨後，我聽到換不過氣的咯咯聲。

像是有個女人被勒住脖子。

這不是開玩笑的。無論房裡出了什麼事，我都必須出面阻止。

然後我想起那把槍。

38

我清楚記得那把槍放在哪裡。

我跑到書架前抽出字典。槍還在兩天前溫蒂讓我看的挖空處，就和我想的一樣。我用微微顫抖的雙手拿出手槍。

我瞪著手上的槍，懷疑自己是不是犯了嚴重錯誤。即使客房裡有可怕的事正在發生，我仍然不知道若是自己帶著一把槍闖進那團混亂中，能不能讓情況逆轉。如果有人可能中槍，也只是讓情況加速惡化。

可是我不會對道格拉斯開槍。那是不可能的。我唯一的目的只是嚇嚇他。畢竟，沒有比槍更嚇人的了。我得靠嚇唬他來結束這件事。

我手上拿槍，飛快地沿走廊來到客房門口。房裡的爭吵聲停了，裡頭鴉雀無聲。

我考慮是否該敲門，但接著我決定直接轉動門把。門把輕易就轉動了，我推開門，有個聲音在我腦中說：

放下那把槍，米莉。不要用槍處理這件事。妳正要犯下可怕的錯誤。

太遲了。

我推開門，眼前的景象讓我無法呼吸。是道格拉斯和溫蒂。他把她推到牆邊，雙手勒住她的喉嚨，而溫蒂的臉開始發青。她張開嘴巴想叫，但發不出任何聲音。

喔，我的天，他想殺她。

我不知道他想掐死她還是要赤手空拳擰斷她的脖子，但我必須做點什麼，不能站在這裡任憑事情發生。然而，我從過去的錯誤中學得了一些事。我有槍，但我不打算殺他。威脅應該夠了。然後我會把自己目睹的情形告訴警方。

妳辦得到的，米莉。別傷害他。讓他放開她就好。

「道格拉斯！」我吼道：「放開她！」

我以為他會從她身前退開，虛假地道歉驚嘆。但不知怎麼著，他就是不肯鬆開指頭。溫蒂再次發出咯咯聲。

於是我拿槍對著他的胸腔。

「我是說真的。」我的聲音發抖。「放開她，要不然我開槍了。」

問題是道格拉斯沒有聽我說話。他的眼神狂亂，似乎決心結束這件事——就在此時此地結束。溫蒂已經不再抓他，身體也逐漸癱軟。談判的時間過了。如果我在接下來的幾秒鐘沒有任何動作，他會殺了她。

我就要這麼眼睜睜看著事情發生。

「我發誓，」我沙啞地說：「如果你不放手，我會開槍！」

但他沒鬆手，繼續勒緊她。

我別無選擇。在這種狀況下，我只能做一件事。

我扣下扳機。

39

槍聲響徹公寓，幾秒鐘後，道格拉斯軟綿綿倒下。槍聲比我預期來得響，鄰居應該都聽得到。嗯，說不定不會。像這樣的地方，天花板和牆壁應該做了隔音處理，況且我們腳下還有一層樓作爲緩衝。

從好的方面來看，道格拉斯的指頭終於從溫蒂的脖子上滑開來。

溫蒂跪下來，抓著喉嚨又咳又哭，她丈夫躺在她身邊的地板上，一動也不動。一秒鐘後，一灘腥紅色的血水從他身下蔓延到長毛地毯上。

喔，不。

不會又來一次吧。

砰一聲，槍從我手上掉到地板上。我渾身僵硬。道格拉斯．蓋瑞克完全不動，他身下的血泊逐漸擴大。我本來對準他的肩膀，這足以讓他受傷，迫使他鬆開勒住溫蒂的手，但又不至於殺了他。

看來，我沒有瞄準。

溫蒂揉著滿是淚水的雙眼。她奇蹟似的仍然清醒。她在丈夫身邊跪下，一手按住他脖子上的頸動脈。她的手停留了好一下子，然後抬頭看向我。「量不到脈搏了。」

喔，天哪。

「他死了。」她以沙啞的聲音輕輕說：「他真的死了。」

「我不是故意要殺他，」我結結巴巴地說：「我……我只是想讓他鬆手放開妳。我絕對沒有——」

「謝謝妳。」溫蒂說：「謝謝妳救了我一命。我就知道妳會救我。」

我們對望了許久。我的確救了她。我必須記住這一點。警方趕來時，我必須向他們解釋。

「妳得離開。」溫蒂站起來，雙腿仍然在打顫。「我們……我們可以擦掉槍上的指紋。這樣應該可以，對不對？對，沒錯，我相信可以。我會過幾個小時再報警，然後我會說……啊！我可以說我把道格拉斯當作闖空門的人，意外殺了他。那是個意外，妳知道嗎？他們會相信的。我確定他們一定會。」

她說得很快——她慌了。我雖然很想擺脫這件事，但她的故事有個巨大的漏洞。

「但道格拉斯進來大樓時，門房一定看到了。」

她搖頭。「沒有，他沒看到。有些住戶會從後門進來，道格拉斯一向走後門。」

「後門有沒有監視器？」

「沒有。沒有監視器。」

「電梯裡的監視器呢？」

「那些東西？」她不屑地說：「那些只是裝飾而已。其中有一台五年前壞了，另外一台停用了至少兩年。」

這真的行得通嗎？我才冷血殺了道格拉斯．蓋瑞克。我真的有機會不必面對後果、全身而退嗎？但話說回來，這也不是第一次了。

「妳現在就走。」她跨過道格拉斯的屍體，小心翼翼地踩在血泊旁邊。「我會擔起責任。這裡交給我。是我害妳捲進這件事，但我絕不會拖妳陪我下水。趁妳還能離開時趕快走。」

「溫蒂……」

「快走！」她的眼神幾乎和道格拉斯用雙手勒住她脖子時一樣瘋狂。「拜託，米莉。這是唯一的方式。」

「好。」我靜靜地說。「但是……如果妳需要我……」

她伸出手握握我的手臂。「相信我，妳做的夠多了。」她朝我放在咖啡桌上的皮包點個頭。「妳應該要刪除所有簡訊。我發的簡訊，還有道格拉斯發給妳的。以防萬一。」

這個建議太好了。如果警方開始調查這起謀殺案，溫蒂和我之前討論過一些我不想讓他們知道的事。而且，他們最好也不要看到我和道格拉斯之間的簡訊，上頭寫了今天是我最後一次來蓋瑞克家打掃。我抓起皮包，發抖的雙手讓我幾乎沒辦法靈活動作，但我還是成功地刪除掉我手機上和蓋瑞克夫婦兩人的對話。

「不要再和我聯絡，」她說：「我會處理這件事，米莉。別擔心。」

我想爭辯，但隨即閉上嘴巴。爭辯沒有意義。溫蒂已經決定要擔下責任，讓她這麼做也是對我最好。我向這處頂樓公寓道再會，知道自己再也不會踏進這個地方。離開客房時，我看到的最後一幕，是溫蒂站在道格拉斯的屍體旁邊。

她面帶微笑。

40

搭地鐵回家的整段路上，我仍然不停發抖。

車廂裡的人一定以爲我是瘋子，因爲，即使車廂內人潮擁擠，在抵達布朗克斯前，我身邊兩側的位置卻始終沒有人坐。基本上，我在整段車程中都抱著自己的身子前後搖晃。

我不相信我殺了他。我不是故意的。

不，這麼說不公道。我對著一個男人的胸膛開槍，如果說我不想他死，那就是謊言。但是，在我看到字典裡那把槍時，我最不想要的，就是事情以這種方式展開。

可是我會沒事的。我不是沒經歷過這種事。溫蒂會堅持她的說法，警方不可能會想到我牽涉其中。

當下，我只需要處理我殺了人的事實。**又一次殺人**。

我一踏出地鐵站，手機就響了。我錯過一通來電。我掏出皮包裡的手機，半是期待著溫蒂的來電，但相反的，螢幕上滿是來自伯克的來電未接紀錄和語音留言。

喔，不。我們今晚應該要共進晚餐的。本來是我們要「談談」的重要夜晚。呃，我看那是不可能了。

我看著螢幕上伯克的名字，知道我該回撥電話，但我實在不想。最後，我按下他的號碼，他幾乎立刻就接聽。

「米莉？」他的聲音中有憤怒也有擔憂。「妳在哪裡？」

「我……」我眞希望剛才打電話給他之前先想好能站得住腳的藉口。「我不舒服。」

「哦，眞的嗎？」他顯然很懷疑。「到底是怎麼了？」

「我……胃痛。」聽他沒說話，我決定繼續美化幾個細節。「突然發作的。我覺得好難過。我一直，你知道的，一直吐。而且還……嗯，上吐下瀉。我今晚得留在家裡。」

我做好準備，等著他戳破我虛假的故事，但是他的聲音緩和下來。「妳聽起來不太好。」

「是啊……」

「我可以過去。」他提議：「我可以幫妳帶點雞湯？幫妳揉背？」

我擁有世上最甜蜜的男朋友。他人眞是好。等這件事平息之後，我一定要補償他。我眞的愛他，我想是吧。

「不必了，但是謝謝你。」我對著手機喘氣。「我需要獨處，需要恢復。可以改期嗎？」

「當然。」他說：「妳要好起來。」

掛掉電話時，我爲了自己對待伯克的方式以及其他的一切行爲感到愧疚。但是我不想把他拖進這個爛攤子。我只能和恩佐談這件事，但因爲種種理由，這絕對是個餿主意。我只要回家、別去想這件事就好。事情很快就會過去了。

41

醒來時，我覺得自己像是被卡車輾過，而且右太陽穴持續抽痛。

昨晚我無法入睡，輾轉難眠，每次略有睡意，就會看到道格拉斯的屍體躺在頂樓公寓的地上。最後，我搖搖晃晃走到浴室，吃了一顆我囤積的安眠藥。接著我沉入多夢的睡眠，在夢裡，過世前老闆瞪大眼睛直直看著我。

我在床上翻個身，摸摸鳥窩般的亂髮。我右側太陽穴的抽痛更嚴重了，而我花了一會兒，才意識到前門傳來陣陣敲門聲。

有人在我家門口。

我奮力爬下床，用寬鬆的家居服裹住自己的身體。「來了！」我嘶啞地說，希望敲門聲可以停下來。但無論站在外面的是誰，都非常堅持。

我透過窺視孔往外看。有個男人站在那裡，他穿著雪白的襯衫打黑領帶，外面穿著一件風衣。「你是哪位？」我問道。

「紐約警局的拉米瑞茲警探。」男人隔著門回答。

哦，不。

但是，沒事，我沒理由驚慌。我老闆死了，所以他們一定會想問我幾個問題。這沒什麼好擔心的。

我打開門鎖拉開門。沒有我的允許他不能進門，而我一點也不打算放行。不是說我有什麼要隱瞞，而是這種事誰都說不準。

「卡洛威小姐？」他的聲音低得出奇。根據他的眼袋和他超短髮的灰黑比率來判斷，我會說，他的年紀大概是五十出頭。

「你好。」我試著打招呼。

「不知道能不能問妳幾個問題。」他說。

我盡了最大力量控制，讓臉上沒有表情。「關於什麼事？」

他遲疑地研究我的臉。「妳認識一位道格拉斯．蓋瑞克先生嗎？」

「認識……」承認我認識他不會有錯。要證明我曾經爲蓋瑞克夫婦工作不難。

「他昨晚被謀殺了。」

「啊！」我捂著嘴，試著露出驚訝的表情。「太可怕了。」

「我希望妳能到局裡回答我幾個問題。」

拉米瑞茲警探的臉孔宛如面具。他的嘴唇抿成一條線，沒有洩漏任何情緒。可是，到警局？這聽來不是開玩笑。但話說回來，他也沒亮出手銬、宣讀我的權利。我相信他們會格外認眞看待這件事，因爲道格拉斯是個有權有勢的人。

「你希望我什麼時候過去？」

「現在。」他絲毫沒有猶豫。「我可以開車載妳去。」

「我……一定得去嗎？」

如果他沒有逮捕我，我沒有義務跟他走——我太了解自己的權利。但我想聽他怎麼說。

「不一定。」他終於回答：「但是我非常建議妳走一趟。不管妳去不去，我們都要談談。」

我開始覺得反胃。聽起來，這不只是有關我雇主的幾個簡單問題而已。「我想打電話給我的律師。」我說。

拉米瑞茲直盯著我的雙眼。「那應該沒有必要，但是妳有權這麼做。」

我不知道他們會問我哪種問題，但無論他怎麼說，我就是不喜歡在沒有律師陪同的情況下進警局。不幸的是，熟到可以讓我馬上打電話聯絡的律師只有一位。而這番對話可不會太輕鬆。

拉米瑞茲等著我找來手機、找出伯克的號碼。他現在一定已經去上班了，但電話沒響幾聲，他便接了起來。伯克大部分時間都坐在辦公桌後，極少出庭。

「嘿，米莉。」他說：「妳沒事吧？」

「嗯。」我說：「不完全是……」

「胃痛更糟了嗎？」

「什麼？」

電話那頭的伯克安靜了一下。「妳昨晚告訴我妳胃痛。」

對喔。我差點忘了昨晚沒去他家時說的謊。「胃痛好多了，但是我有件事需要你幫忙。重要的事。」

「當然好。妳需要什麼？」

「呃嗯……」我壓低聲音，免得拉米瑞茲聽到。「你知道我的前老闆道格拉斯・蓋瑞克吧？他其實……昨晚被殺了。」

「老天爺。」伯克倒抽一口氣。「米莉，那太可怕了。妳知道是誰下的手嗎？」

「不知道，可是……」我瞥向正看著我的拉米瑞茲。「他們要我進警局問話。」

「喔，哇。他們是不是以爲妳知道什麼重要資訊？」

「大概吧——雖然我眞的不知道。反正……如果有律師陪在身邊，我會覺得好一點。」我清清喉嚨。「所以，你知道的，就是你了。」

「當然，沒問題。」我好想穿過話筒去擁抱他。「我手邊的事情結束就過去和妳碰面。我相信不會有事，但我樂於陪在妳身邊。」

我寫下拉米瑞茲警探要帶我去問話的警局地址，同時，我忍不住心想，終究啊，伯克和我很快就會「談談」我昨晚本來要和他談的事。

42

抵達警局時，我已經徹底抓狂。在前往警局的車程中，拉米瑞茲警探試著開啓對話，但我不是以單字回應，就是咕噥敷衍。就算他聊的是天氣，我也覺得他是想挖點資訊，而我不想讓他得逞。

一進警局，我看到伯克已經在等我。他身穿灰色西裝，打了將他一雙眼睛襯托得更藍的藍色領帶。他微笑看著我和警探走進警局，看來一丁點也不緊張。這個態度可能很快就會有所轉變。

「這位是我的律師。」我告訴拉米瑞茲。「問話前，我想先私下和他談談。」

拉米瑞茲把我帶進一間正方形的小房間，裡頭有一張塑膠桌，四周放了幾張塑膠椅。我好幾年沒踏進偵訊室了，看到時我還是胸口爲之一緊。尤其是他要我坐下，關上門讓我單獨在裡頭等。我以爲伯克會和我一起進來，但他好像有事在外頭忙。

我好想知道他們對他說了什麼。

我在偵訊室裡繼續坐了將近四十分鐘，內心的恐慌逐漸加劇。當伯克那張熟悉的面孔出現在門口時，我差點哭出來。

「怎麼這麼久才來？」我大喊。

伯克臉上露出困擾的表情，在我對面坐下時，他顯得有些僵硬。他的兩道眉毛中間擠出了一個火山口。

「米莉，」他說：「我剛剛和警探在外面說話。他們不願意說太多，但這不是例行問話。妳是重要嫌犯。」

我瞪著他。

怎麼可能？溫蒂不是會告訴警察是她開槍射殺道格拉斯嗎？

他們懷疑她的說法嗎？這案子應該很容易解決才對。

除非……

「他們有妳公寓的搜索票。」他告訴我。**搜索票？**「警方現在有一組人員在妳公寓裡。」

他們搜索我的公寓？我沒法想像他們要找什麼。我家沒有任何可疑的東西。謝天謝地，我的衣服昨天沒染上任何血跡。我檢查過了。

「他們爲什麼會覺得是妳殺了他？」伯克搖頭。「我覺得這不合理啊。」

這一刻終於到了。我必須把我的過去告訴他。如果伯克要擔任我的律師，他必須知道。否則，他會被當成白癡看待。「聽我說，」我告訴他：「我有些事你必須知道。」

他對著我揚起眉毛，等待著。

太難了。我一直怪自己怎麼不早點說，但現在要開口了，我就更明白自己爲何拖了這麼久。「我有，嗯，犯罪入獄紀錄。」

「妳有**什麼**？」他的下巴像是要掉下來。「**犯罪入獄紀錄**？像是，妳**坐過牢**？」

「是啊，犯罪入獄紀錄大概就是那個意思。」

「是哪種案件？」

這下子來到最艱難的部分了。「謀殺案件。」

伯克看似再過兩秒就要暈倒，希望他的心臟沒事。「**謀殺**？」

「是正當防衛。」我說，而這完全是事實。「那個男人攻擊我的朋友，我制止了他。當時我還未成年。」

他看我一眼。「沒有人會因爲正當防衛坐牢。」

「有些人就會。」

他看來不像相信我的樣子，但關於那個準備強暴我朋友的男孩，我不打算講太多細節。我也不打算詳述我做了什麼事阻止他——儘管檢察官講得好像我做得太超過。

「難怪妳一直沒拿到學士學位。」他喃喃地自言自語。「我一直告訴自己，說妳只是大器晚成。」

「我很抱歉。」我垂下眼睛。「我早該告訴你的。」

「天哪，妳怎麼不早說？」

「對不起。」我又說了一次。「但我擔心如果我說出來，你會用……嗯，用你現在看著我的眼光看我。」

伯克用指頭耙頭髮。「天哪，米莉。我只是……我知道妳有事不想告訴我，可是我從來沒想到……」

「是啊。」我抽著氣說。

「好。」他拉鬆領帶。「好，妳有犯罪紀錄。我們先把這件事放到一邊。但是他們爲什麼認爲妳殺了道格拉斯．蓋瑞克？」

我沒法回答這個問題，因爲我不曉得溫蒂怎麼告訴警方。雖然我告訴伯克的一切應該只有他知我知，但關於昨晚的事，我還是說不出口。「我一點頭緒也沒有。」

他若有所思，歪著頭說：「妳昨晚告訴我妳不舒服。妳是不是提早離開了他們的公寓？」

「嗯，我工作做完了。」我說得很小心，因爲我知道門房可以證實我什麼時候離開頂樓公寓。「但我不舒服，所以直接回家，快到家時和你通了電話。道格拉斯……我離開頂樓公寓時他不在家。」

「好。」伯克揉揉下巴。「他們之所以刁難妳，是因爲妳有犯罪紀錄。我們把這件事處理好。」

我眞希望我和他一樣有把握。

43

結果拉米瑞茲沒法立刻問我話，我懷疑這是某種想讓我崩潰的策略。伯克接到一通公事電話，所以他留下我獨自坐在偵訊室裡，我把接下來的一小時用來靜靜地驚慌。

到了拉米瑞茲來找我時，我已經在警局待了超過兩小時。伯克緊跟在拉米瑞茲後面，來到我身邊坐下。然後，他很快地在桌下捏捏我的手。知道他曉得我的犯罪紀錄後沒有翻臉不認人，我真的很安慰。雖說，現在還不知道日後會怎樣。

「感謝妳耐心等候，卡洛威小姐。」警探說。他的表情仍然一片空白。「關於蓋瑞克先生，我有幾個問題要請教妳。」

「好的。」我說。警方會錄下我們的對話，所以我保持冷靜慎重的語氣。

「妳昨天晚上在哪裡？」拉米瑞茲問我。

「我到蓋瑞克家的頂樓公寓洗衣服，稍微打掃後回家。」

「妳什麼時候離開頂樓公寓？」

「大概六點半。」

「妳在頂樓公寓時，有沒有和蓋瑞克先生說話？」

我想起溫蒂告訴我的話，搖了搖頭。我們兩人只要堅持我們講好的說法，應該就不會有事。「沒有。」

聽到我的回答，拉米瑞茲顯得很驚訝。「這麼說，蓋瑞克先生沒有要妳昨晚到公寓和他見面？」

我看著他，困惑地眨眼。「沒有……」

「卡洛威小姐。」拉米瑞茲瞪著我看時，眼眸顏色似乎變得更深。「妳和道格拉斯．蓋瑞克是什麼關係？」

「我們的關係？」我看向皺著眉頭的伯克。「他是我的雇主。嗯，他和他的妻子溫蒂。」

「妳和他有沒有性關係？」

我差點嗆到。「沒有！」

「連一次都沒有？」

我好想伸手抓著拉米瑞茲搖晃他，但還好伯克這時插嘴說：「卡洛威小姐已經回答了你的問題。除了純粹的雇用關係，她和蓋瑞克先生沒有其他關係。」

拉米瑞茲警探拿起他手邊的檔案夾，抽出一疊釘在一起的紙張然後越過桌子推到我面前。「我們在蓋瑞克先生的梳妝台抽屜裡發現一支拋棄式手機。這些是那支拋棄式手機和妳手機的簡訊對話。」

我拿起那疊紙快速閱讀，伯克則是從我肩後看。我認得這些簡訊。這些是過去幾個月道格拉斯為了確認工作日期傳給我的訊息。但少了前後文，這些文字看起來有了不同的意義。

妳今晚會過來嗎？

稍晚見。

今晚過來。

更甚的是，所有關於雜貨採購和待洗衣物的簡訊全都消失了。每則訊息現在看起來都像是相約見面。伯克讀著簡訊，眼睛幾乎要爆出來。

「是，這些是我們互傳的簡訊。」我說：「可是全都有關工作。」

「蓋瑞克先生用拋棄式手機和妳傳關於工作的簡訊？」

我咬著牙說：「我不知道他用拋棄式手機。我以為那是他平常用的手機。」

「我懂了。」拉米瑞茲說。

「再說，」我補充：「本來還有其他簡訊的。大部分是關於雜貨採購和待洗衣物。那些簡訊不在這上面……好像被刪除了。」

「妳的手機裡有那些簡訊嗎？」

「沒有……」因爲溫蒂要我刪除。「我把簡訊全刪掉了。」

「爲什麼？」

「爲什麼不能刪？」我發出聽來太高亢的笑聲。「我是說，難道**你**會留下每則你收到的簡訊嗎？」

他可能會。他手機裡的簡訊可能可以追溯十年。但公平地說，如果不是溫蒂要我刪，我可能永遠不會刪掉那些簡訊。

「還有，」他說：「他打給妳的電話當中，有的時間晚到半夜。難道說，妳的雇主會在**半夜**打電話給妳？」

「那只發生過一次。」我的說詞實在沒有說服力。

我聽得出這話有多無力。這實在沒道理——道格拉斯爲什麼要用**拋棄式**手機發訊息給我？他不可能爲自己的被殺來設計我。我看著伯克，在這最糟糕的時刻，他卻出奇安靜。

「還有……」拉米瑞茲又翻開檔案夾。喔，天哪，還有？怎麼可能還有更多？

「妳認得這個嗎？」

顆粒粗大的複印照片上是一條手鍊。我認出那是道格拉斯給溫蒂一個黑眼圈後送她的手鍊。「認得，」我說：「那是溫蒂的手鍊。」

拉米瑞茲揚起眉毛。「那我們爲什麼會在妳公寓的珠寶盒裡找到？」

「她……送給了我。」

他的眉毛挑得離髮際線更近了。「溫蒂・蓋瑞克把一條一萬美金的鑽石手鍊送給妳？」

一萬美金的鑽石手鍊？這條手鍊價值這麼多錢？我那又小又破爛的珠寶盒裡有價值一萬美金的寶貝？

「她說，那是她丈夫送她的禮物。」我說。

「那麼裡頭的刻字怎麼解釋？」他又從檔案夾裡抽出另一張照片遞給我。「看起來眼熟嗎？」

我曾經在溫蒂的手鍊上讀到的刻文，現在大剌剌地出現在眼前，伯克和我都能清楚看到。

給W，妳永遠是我的，愛，D

「沒錯，」我說：「給W，溫蒂。」

拉米瑞茲敲敲照片。「妳的名字不也是W開頭嗎？威廉米娜？」

「我……」我突然口乾舌燥。我等著伯克插話抗議拉米瑞茲問這問題的方式，但伯克保持沉默，也等著聽我的回答。「我一向用米莉。」

「可是妳的名字是威廉米娜。」

「是……」

「同時……」喔，不，還有？怎麼可能還有？但拉米瑞茲再次從那愚蠢的檔案夾裡拿出另一張複印的照片。「這是蓋瑞克先生的禮物嗎？」

我拿起他手上的照片。那是道格拉斯要我退還的洋裝。但他一直沒有給我收據也沒告訴我這件衣服是哪來的。這陣子發生這麼多事，我完全忘了這件衣服的存在。所以這東西一直裝在禮物袋裡，放在我的臥室衣櫥中。

「不是。」我弱弱地說，儘管我已經看出這個問題要引導到哪個方向。「蓋瑞克先要我去退還這件衣服。」

「那這東西為什麼會在妳臥室裡放超過一個月時間？」

「他……一直沒把收據給我。」

我甚至沒辦法去看伯克。天曉得他的腦子裡在想什麼。我想向他保證這全都是可怕的誤會，但是拉米瑞茲在場，我不能和他那麼說。

「聽著，」我說：「我本來要拿去退的。我向他要收據，而他說他會給我，但是我們兩個人都忘了這件事。」

「卡洛威小姐，」拉米瑞茲說：「妳知道那件洋裝是以六千美金在奧斯卡．德拉倫塔買的嗎？妳眞的覺得他會就這麼忘了去退？」

該死……

我冒險飛快地看向伯克。他臉上表情呆滯，肉眼幾乎不可見地搖頭。我讓他來這裡當我的律師，但他證明他完全沒有用。

「還有。」拉米瑞茲又說了。哦，不。不可能還有別的事。我絕對沒有再收下蓋瑞克夫婦的任何東西。他不可能從那個檔案夾裡拿出任何資料。「上星期，妳有沒有和道格拉斯．蓋瑞克到汽車旅館過夜？」

「沒有！」我大喊。

他清了清喉嚨。「這麼說，當蓋瑞克先生上星期三在奧爾巴尼洽公時，妳沒有付現金入住當地的汽車旅館？」

我張開嘴，但發不出聲音。

「上星期三？」伯克脫口說出：「那天我們應該要共進晚餐，結果妳爽約沒出現！所以妳去了奧爾巴尼？」

我不能說謊。我把我的駕駛執照交給汽車旅館的櫃台人員登記。「是的，我確實在奧爾巴尼的汽車旅館要了一個房間。但事情不是你想的那樣。」

拉米瑞茲雙手環抱在胸前。「我在聽。」

我不知道該怎麼說。我不想說出溫蒂的祕密。如果他們發現蓋瑞克夫婦的婚姻問題，這起謀殺案可能會算在她頭上。我雖然不想因為這件事入罪，但我也不想讓她承擔責任。

「我只是需要離開一晚。」我無力地說。

「所以妳到奧爾巴尼隨機找個汽車旅館住下？」

「我沒和道格拉斯．蓋瑞克交往。」我來回看著伯克和拉米瑞茲，這兩個人看起來都充滿懷疑。「我發誓。就算我有——事實上沒有——這也不表示我殺了他，拜託！」

「他昨天晚上想和妳分手，」拉米瑞茲直直看著我的雙眼，丟出這個推論。「妳在狂怒之下拿他的槍射殺他。」

「不……」我的嘴乾得可怕。「那離事實遠得很。你無法想像的遠。」

拉米瑞茲對桌上幾張照片點個頭。「妳看得出為什麼妳的說法很可疑。」

「可是事情不是這樣!!」我喊道：「我從來沒和道格拉斯．蓋瑞克交往。這簡直是瘋了。」

這次，拉米瑞茲什麼也沒說，光只是瞪著我看。

「我連碰都沒碰過他。」我說：「我發誓！去問溫蒂．蓋瑞克。她會確認我說的每一句話。去問她！」

「卡洛威小姐，」拉米瑞茲警探說：「告訴我們妳和蓋瑞克先生有染的人就是溫蒂・蓋瑞克。」

什麼?!

「你說什麼？」

「她說蓋瑞克先生昨天向她坦承，而且他請妳過去，想結束你們的事。」他說：

「但是她回家後發現丈夫中槍死亡，倒在客房地上。」

不……她不會……在我爲她做了那麼多事之後……

「而且，」他說：「槍上有妳的指紋。」

44

從那一刻開始，偵訊一路走下坡。

我試圖拼湊出眞相的某個版本。這個版本的劇終，不是我在蓋瑞克家的客房中開槍殺死道格拉斯．蓋瑞克。我努力解釋，道格拉斯．蓋瑞克對溫蒂施暴，而我嘗試幫助她。我告訴拉米瑞茲，溫蒂讓我看槍，說她打算用槍來保護自己，所以槍上才會有我的指紋，只不過讓我難以解釋的是溫蒂的指紋爲什麼不在槍上。從拉米瑞茲警探的表情看來，我說的話他一個字也不信。

七零八落的故事說到最後，我以爲拉米瑞茲就要宣讀我的權利送我去坐牢了。但他光是搖頭。

「我馬上回來，」他告訴我：「妳哪裡都別去。」

他站起來走了出去，關上門時發出響亮的回音，把我和伯克兩個人留在偵訊室裡。

伯克低著頭，眼神呆滯地看著塑膠桌。他來這裡應當是要擔任我的律師，但他已經二十分鐘沒說話。如果早知道事情會這樣發展，我絕對不會要他過來。

「伯克?」我說。

他緩緩抬起眼睛。

「你還好嗎?」我溫和地問。

「**不好**。」他憤恨地看了我一眼。「這到底在搞什麼,米莉?是在開玩笑嗎?」

「伯克,」我尖聲說:「你不可能相信——」

「相信**什麼**?」他厲聲打斷我。「幾小時前,我甚至連妳曾經因爲殺人入獄都不知道。然後,我到現在才知道妳**劈腿**勾搭上妳那個有錢的混蛋雇主——」

「我沒有劈腿!」我忍不住了。「我絕對不會背叛你!」

「那妳上星期三晚上做了什麼事?」他說:「妳昨天晚上在做什麼?還有那些我們應該共進晚餐但妳卻失約的夜晚呢?妳一定知道這一切看起來有多可疑。特別是,妳知道的,妳顯然曾經殺過一個人。」

嗯,不只一個。但我覺得提供這項資訊對我的情況沒幫助。「我剛剛說了,我是想幫助溫蒂。」

「妳想幫助的那個女人現在正指控妳,說妳跟她丈夫外遇,而且還**謀殺了**他?」

好吧,他都這麼說了……「我不知道她爲什麼那樣告訴警探。說不定是她慌了。但是,相信我,他確實對她施暴。我親眼看見的。」

「米莉。」伯克看著我,英俊的臉上帶著痛苦的表情。「我昨天晚上打了電話給妳，聽起來妳是爲了某件事眞的很難過。但妳顯然不是胃痛，那是謊話。」

「沒錯。」我承認。「那是謊話。」

「米莉。」喊著我的名字，聲音都破碎了。「道格拉斯・蓋瑞克是不是妳殺的？」

拉米瑞茲警探的指控大部分都不是眞的。但有件事如假包換。我朝道格拉斯・葛瑞克開了槍。我**殺了**他。即使我否認其他的一切，這個事實仍然無法改變。

「哦，老天爺，」伯克低聲說：「米莉，我不相信妳會……」

「但不是你所想的那樣。」我說。

伯克站起來，塑膠椅腳刮著偵訊室的硬地板。「我不能擔任妳的律師，米莉。這不恰當，而且……我辦不到。」

我男友在偵訊時雖然一點用也沒有，但想到他要拋棄我，我甚至更害怕。「你知道我沒錢聘請律師……」

「妳可以請公設辯護人，」他說：「或去借錢，或是……我不知道。但不能是我。我很抱歉。」

「所以，就這樣了。」我看著他，下巴顫抖。「你要和我分手。」

「大概吧？」他搖著頭。「老實說，我連**妳**是誰都不知道了。」他用指頭耙頭髮，困擾地拉扯髮絲。「我簡直不相信會出這種事。我眞的沒辦法。我本想讓妳和我父母見面。我眞的以爲妳和我……」

他不必把想法全說出來。他想像的是我們會結婚，有未來。一起生小孩。一起變老。他沒想到一切會在警局以我被控謀殺結束。

所以，眞的，我無法怪他轉身走人。但是，當他走出偵訊室帶上門時，我還是忍不住哭了出來。

45

眞正的奇蹟是，經過這一切之後，拉米瑞茲警探沒有逮捕我。當他宣布我能離開時，我還眞的問他：「你確定？」我本來以爲他們一定會拘捕我，但他只警告我必須留在紐約就放我走。由於我沒錢沒車，所以還眞的是哪裡都不會去。

離開警局後，我本能地伸手要拿電話。接著我才意識到，我沒有打電話的對象了。通常我會打電話給伯克，讓他知道我被放了出來，但我有種感覺，這時，他不會在乎。

當然了，有個人會在乎。

恩佐。

恩佐會幫助我。如果我打電話給他，他會毫不懷疑地相信我說的每一句話。但我不曉得自己會不會想再走上老路。何況我說了那番話，表示自己不需要他幫忙，所以我不打算在一星期後回頭爬著求他救我。

我可以自救。我甚至沒有遭到逮捕，也許事情會出現轉機。

我花了一點時間考慮自己有什麼選擇，最後從聯絡人名單裡找出溫蒂的電話號碼。我不知道現在打電話給她是否合適，但我需要答案。昨天晚上我們有個共識，而拉米瑞茲的說法和那個共識完全不同。但話說回來，他可能只是在編故事嚇我，想讓我自首認罪或拖溫蒂下水。如果他這麼做，我也不覺得奇怪。

果然，這通電話直接進入語音信箱。

我不如回家去。畢竟很可能他們到了明天就會逮捕我，然後我再也回不了家。我可付不起保釋金。

我搭地鐵回布朗克斯的家。折騰了一天，我幾乎沒辦法邁步。我在皮包裡找了足足五分鐘還是找不到鑰匙，心想是不是把鑰匙弄丟了。就在我準備放棄時，才發現鑰匙卡在皮包底部。

「米莉！」

我一踏入公寓大門，房東藍道太太身穿她眾多寬鬆洋裝的其中一件，幾乎是同時間從她的一樓公寓裡衝出來。她布滿皺紋的臉皺成一團，邊說話下巴邊往前凸。

「警察來過這裡！」她大聲說：「他們要我打開妳的公寓，然後他們進去搜索！他們拿著要我放他們進公寓的搜索票！」

「我知道。」我咕噥地說：「很抱歉。」

藍道太太瞇著眼睛看我：「妳家藏了毒品？」

「沒有！絕對沒有！」我只是殺了人，不過是這樣罷了。嘖嘖。

「我不要這棟樓裡有麻煩。」她說：「妳就是麻煩。因爲妳，警察來了兩次！我要妳走人。妳有一星期時間。」

「一星期！」我喊道：「可是藍道太太——」

「一星期後我會換鎖。」她厲聲說：「我不想再看到妳，天知道妳在妳公寓裡做了什麼事。」

我一顆心往下沉。我一身麻煩，要去哪裡找房子？被警方拘留說不定還好一點，至少我有地方住，有免費食物吃。

我拖著腳步，慢慢爬上通往我公寓的兩排階梯。我料想警方會在公寓裡仔細翻找，我果然沒有失望。負責搜索的警員甚至沒試著把東西歸位。我得花整個晚上的時間來整理打掃。

我精疲力盡癱倒在沙發上。我今晚沒力氣處理這團亂。也許明天。說不定永遠都不會。反正人都要入獄了，整理還有什麼意義？

於是我抓起遙控器，打開我的爛電視。我想，就這樣度過自己最後一個自由的夜晚。

不幸的是，電視正好轉到新聞台。這時新聞正在大肆報導道格拉斯．蓋瑞克的謀殺案。螢幕上，一頭閃亮金髮的新聞播報員表示警方正在偵訊「嫌疑人」。

嘿，我上電視了。我是「嫌疑人」。

接著，畫面跳接到溫蒂的片段。她正在和記者說話，浮腫的雙眼充滿血絲。她臉上的瘀青看來已經完全消失，我猜，那應該是化妝的功勞。她轉身面對鏡頭說話。「我丈夫道格拉斯是個了不起的人。」她說話的聲音驚人地強韌，聽起來完全不像她。「他善良、聰明，我們一直在計畫，很快就要一起迎接完整的家庭。他的人生不該被人以這種方式打斷。這太不公平，他……」情緒讓她哽咽地停下來。「我……抱歉。」

這是什麼？

在道格拉斯對溫蒂做了那些事之後，她怎麼可能以這種方式談論他？我懂得死者爲大，不要說逝者的壞話，但她的話讓他聽來像是某種聖人。在我結束他的生命之前，這男人差幾秒就要勒死她了。爲什麼她不把這件事告訴記者？

影像轉回金髮播報員身上。她清澈的藍眼直視鏡頭。「如果你才剛剛收看我們的頻道，此刻爲您播報的頭條新聞是貨幣斯托克執行長、千萬富翁道格拉斯·蓋瑞克的謀殺案。昨天晚上，他在位於上西區的公寓裡被人發現死亡，致命原因是胸口的槍傷。」

螢幕切換成一名四十來歲男人的照片，字幕顯示是「道格拉斯·蓋瑞克，貨幣斯托克執行長」。我瞪著螢幕，看著有深色頭髮和淡棕色雙眼的男人，看著他的雙下巴，以及他對鏡頭微笑時出現在眼角的細紋。我瞪著道格拉斯·蓋瑞克的照片，意識到一件事。

我這輩子從來沒見過這個男人。

對我來說，螢幕上的這個男人根本是個陌生人。他看起來有那麼一**點點**像我在頂樓公寓接觸過的男人，從遠處看不出差別。但這人不是他。**絕對**不是。是完全不同的人。

所以，如果螢幕上的人是道格拉斯・蓋瑞克……

那我昨晚殺的是誰？

第二部

溫蒂

Part II

WENDY

46

你們一定覺得我很可惡。

不知我這麼說會不會有幫助？

道格拉斯雖然從來沒對我施以肢體暴力，但他是個可怕的丈夫。他羞辱我，讓我生不如死。如果能離婚，我會過著幸福快樂的人生。

其實不必非走到殺他這一步的；但這一切都要怪他。

那麼米莉呢？

呃，她是倒楣的附帶傷害。但她可不是大家想像的那種甜姐兒。如果她得關一輩子，也是爲了大家好，才不得不犧牲她。

不過，也有可能在聽了我這邊的說法之後，你們還是覺得我很可惡，覺得道格拉斯罪不至死。甚至有可能你們會覺得：我才是該在牢裡待一輩子的人。

但是，老實說，我。不。在。乎。

殺夫還能逍遙法外的逃脫指南

溫蒂·蓋瑞克 著

步驟一：認識一個愚蠢又富到流油的單身男人

四年前

我不懂當代藝術。

我朋友愛麗莎寄了這場展覽的邀請給我，但這對我太奇特了。我習慣欣賞的繪畫，是展現藝術技巧的美麗作品。但這個？我連這是什麼都不知道。

展覽的主題很簡單：衣物。整個展覽確實是這樣沒錯。各樣燈芯絨、絲綢和人造纖維，掛上了牆、撕剪成條、重新搭配做成拼貼作品。實在是太荒謬了。藝術什麼時候成了小朋友的美勞課作業？

我眼前這個作品名稱是**襪子**。標題非常貼切。這件巨幅作品幾乎和我一樣高，不同形狀、尺寸的襪子覆蓋著作品的每一吋空間。

我就是……就是看不懂。

「我一隻襪子破了個洞。」我聽到身後有個男性的聲音。「妳覺得如果我借一隻來用，他們會同意嗎？」

我轉過頭去看著聲音的主人，立刻認出他是道格拉斯．蓋瑞克。來展覽前，我仔細研究過相當難找、愛麗莎費盡心思才弄來的蓋瑞克照片——我記下他蓬亂的棕色頭髮、略帶微笑時眼角的皺紋，以及長歪的左側門牙。他穿著一件像是在沃爾瑪平價百貨就可以買到的白襯衫，而且還扣錯一顆鈕釦。不，等等，是**所有**鈕釦都錯位了。每一顆鈕釦都扣到下一個洞。他也很需要刮個鬍子——迫切需要。

沒人能猜到這男人是全國最富有的人之一。

「依我看，他們應該不會在意一隻襪子。」我回答道。儘管我心臟在胸腔裡怦怦怦做開合跳，我仍然試圖控制自己，讓聲音聽來冷靜。

他對我咧嘴微笑，並且伸手準備相握。我之前在照片裡沒有注意，面對面之後，我才發現他有雙下巴，但這靠飲食節制和運動就可以處理。「我是道格．蓋瑞克。」

我握住他的手。他溫暖的手包覆著我的手，兩隻手看來天生契合。「溫蒂．帕瑪。」

「很高興認識妳，溫蒂．帕瑪。」他用棕色的雙眼看著我的眼睛。

「彼此彼此，蓋瑞克先生。」

「那麼……」他穿著磨損樂福鞋的腳跟一旋。「妳覺得這場衣物展如何？」

我環顧展間，打量以衣物爲中心的所有作品。我對道格拉斯．蓋瑞克稍有認識，我相信他能夠欣賞說實話的人。「其實，」我說：「我不太懂。我自己用一點白膠和一箱慈善二手衣就能做出這些作品。」

道格拉斯皺起眉頭。「可是，這不就是重點嗎？藝術家試圖挑戰現況，衝撞傳統藝術，並且證明即使最平常的物品也可以轉變成觸發情緒的作品。」

「喔。」該死，這下我得找些聰明的話來說了。「嗯，我覺得材質和顏色的相互影響——」

當我看到道格拉斯牽動嘴角時立刻停下來。他這個表情瞬間消失，接著爆出笑聲。「剛剛那一串鬼扯會讓我聽起來像是很言之有物嗎？」

「有那麼一點。」我怯懦地承認。

「妳知道我最喜歡這間藝廊的哪一點嗎？」他說：「食物。那眞的……」他親吻自己的指尖。「令人讚嘆。爲了這些開胃點心，我很願意看幾幅拼貼襪子。」

「是啊。」我喃喃地說。進到藝廊後，我一直沒吃東西。這身唐娜．凱倫設計款洋裝就跟手套一樣合身，緊貼著我的胸部、小腹和臀部，如果我開始狂吃雞尾酒鮮蝦，很可能會出現不雅觀的曲線。

他低頭看著我什麼都沒拿的雙手。「我去幫妳拿幾樣我的最愛。相信我。」

我朝他微笑。「聽來很誘人。」

「妳別動喔，溫蒂．帕瑪。」

道格拉斯對我眨個眼，快步走向開胃點心桌。他拿起一個盤子，動手堆起數量惱人的點心。喔，天哪。他爲什麼要在那個盤子裡放**那麼多食物**？我很謹愼，沒吃早餐或午餐，甚至來藝廊前還只吃了沙拉。這男人想對我做什麼!?

他放在盤子上的食物份量差點害我恐慌症發作，但那盤子很小，所以應該沒事。我減少明天晚餐的量就好。

「來了。」他又快步走回我身邊，急著想展示他爲我網羅來的點心。「這些全是我的最愛。先試試蘑菇塔。」

我拿起來咬了一口。眞是來自天堂的美味。如果要我猜，我會說，這一小口可能有五百卡。無怪乎道格拉斯有雙下巴。但他不在意，畢竟他不是女人，而且又富有到不可思議。

「現在，」他說：「那裡有件作品叫做**褲子**。想不想冒險猜猜我們馬上要看到什麼東西？」

他帶著微笑，直視我的雙眼——儘管我的洋裝露出相當深長的乳溝。今晚我抱著勾引道格拉斯．蓋瑞克的意圖來看展覽，但這男人的動作比我還快。

一切遠比我預期的更容易。

47

步驟二：嫁給那個富到流油的男人

三年前

道格拉斯會讓人氣到瘋。

他在折磨我。他假裝自己是好人——以他的個人財富來說，他甚至可以說是樸實——但他是**虐待狂**。除此之外，沒法解釋他為何有這種行為舉止。

「你覺得你在做什麼？」我惡狠狠地兇他。

至少他還懂得展現風度，表現出羞愧的樣子。他確實應該！這個男人會穿四角褲——四角褲！——坐在我們的起居室裡已經夠糟了，更甚的是，我們得在一個小時內抵達李藍．賈斯伯家參加派對，而他**根本**沒準備好。我算過時間，我們這時出發正好可以來個技術性遲到，但是他現在還穿著運動褲和T恤站在廚房，用**奶油刀直接挖罐子裡的榛果巧克力醬吃**。

我的心臟承受不了這種蠢事。

「我餓了。」他說。他把奶油刀放在流理台上，深棕色的巧克力醬抹到了大理石桌面。

「道格拉斯。」我的耐心快速耗盡。「我們應該在十分鐘內出發。你還沒**換衣服**。」

「出發去哪？」

他是在折磨我。他是故意的。我無法想像這種行爲不是出自刻意——沒有人會這麼蠢。「李藍家！派對！就在今晚！」

「哦，對。」他咕噥地說，揉了揉自己的太陽穴。「天哪，我們一定得去嗎？我們討厭李藍和她丈夫。我們不是說過嗎？而且，**李藍**算是哪門子名字？絕對是她自己編出來的。」

他說的全都對，但這不表示我們可以跳過這場派對不去。每個人都會去。我要他們看到我穿著PRADA本季新款洋裝，一頭出色紅褐色頭髮造型完美，而且還手挽英俊又富有到讓人難以逼視的未婚夫出席。而道格拉斯則會穿上ARMANI西裝，那是我爲了遮住他的肥肚腩特別挑的款式。在有我之前，他都穿著遮不住胖肚的廉價外套四處抛頭露面。

「我們得走了。」我咬著牙說：「關於這件事，我不要再聽到任何一個字。你必須去穿衣服——現在就去。」

「可是溫蒂，」道格拉斯握著我的手臂，將我拉近他身邊。一嘴的榛果巧克力味道。「拜託嘛，參加派對太費力了。我們乾脆……不知道，我們去看場電影，就我們倆？像我們剛開始約會那樣？說不定可以去看新的《復仇者聯盟》？」

我第一次見到他之前還不知道，他根本是個無可救藥的宅男。後來，他連裝都懶得裝，成天只想看超級英雄電影，再不就是把筆電放腿上，癱坐在沙發無所事事過日子，甚至有時還直接從罐子裡挖巧克力醬吃。他之所以會當上貨幣斯托克執行長，就只因爲他是個瘋狂天才，發明了國內每家銀行都在使用的科技。

「我們要參加這場派對。」這應該是我第一百次說這句話了。我發誓，這個男人**從來不聽**我說話。「現在去穿衣服。動作快。」

「好，**好啦**。」

他靠過來想給我一個巧克力醬之吻，但我可是穿著PRADA，所以我往後退一步，舉起雙手擋著他。「你換好衣服以後可以吻我。」我告訴他。

道格拉斯把罐子塞回壁櫥，拖拉著腳步離開廚房，走進我們小到不能再小的起居室，這整間公寓根本丟人現眼。我們只有三間臥室，其中一間還充當道格拉斯的辦公室，所以，我們只能算有**兩間**臥室。等到我們結婚，就必須強制升級，到郊區買我夢想中的房屋。嗯，其實是道格拉斯的夢想房屋，因爲我的夢想當然**不是**住在郊區。

我每次想到將來要住的房子，總是忍不住漾起微笑。在我的成長過程中，我父親是維修工，母親在幼兒園工作，收入勉強達到最低薪資。我們的房子很小，我和妹妹還要共用一間臥室，而她八歲前經常在夜裡尿床。我很用功，成功爭取到進入一所私立高中的獎學金，可是這所私校勢利到破表，所有學生都會取笑我穿得沒他們好。

我有個漂亮又殘忍的同班同學瑪德蓮．愛德蒙森，我一心嚮往能有一條和她一樣的設計款牛仔褲。嗯，也許還想要一件不是輾轉傳了好幾手又破了洞的冬季大衣。

我本來以為，進大學之後，我的情況會改善，但事情沒有如我所願地改變。在一次糟糕的事件中，我被指控作弊，校方不允許我升上三年級。當我被送出校園時，我所有的事業前景似乎都跟著破滅了。

我希望當年那些人現在能看到我。

可惱的是，電鈴竟然在這時響起。我還來不及告訴道格拉斯說我會去應門，他就說：「可能是喬。他送我需要的文件過來。我們一分鐘就能解決。」

喬．班戴克是道格拉斯的律師。儘管他可能是道格拉斯之所以如此富有的原因之一，但他仍然不是我在這個世界上最喜歡的人，而他也幾乎不掩飾對我的厭惡。我很高興這時負責去打發他的人是道格拉斯。

然而不管怎麼說，他這麼晚過來就是不對勁。這並非沒有前例，但仍然不尋常。我懷疑他想做什麼……

道格拉斯和喬說話時，我在不遠處逗留，旁聽他們的對話。道格拉斯一般不會讓我涉入他的公事，但盡可能去了解才是聰明的做法。

「全部就這些了嗎？」道格拉斯的聲音說。

「對，」喬回答：「我還有別的要給你……」

我聽到紙張的沙沙聲。道格拉斯打開一個信封。「噢，喬。我告訴過你的，我不能要她這麼做……」

「道格，你一定要。再過幾週你就要結婚了，沒簽婚前協議，你不能娶那個女人。」

「爲什麼不行？我信任她。」

「你大錯特錯。」

「聽著，我不能……這麼做很像在婚姻開始時，就把關係搞僵。」

「這個法律建議，我免費奉送給你，道格。如果你們的婚姻失敗，她會得到你辛苦所得的一半。到時唯一能保護你的只有這份文件。如果沒讓她簽下婚前協議就娶她，你就是個徹底的白癡。」

「可是——」

「沒有可是。除非她簽字，否則別娶那個女人。如果她眞心愛你，而且想要和你維持婚姻關係，那簽字就對她毫無影響，對不對？」

我屏住呼吸，等著聽道格拉斯怎麼說。我等他要喬滾一邊去涼快。但問題是，除了身爲他的律師，喬還是他認識最久又最親近的朋友。

「好吧，」道格拉斯說：「我會讓她簽字。」

48

「這份婚前協議的條件非常優厚。」喬·班戴克告知我。

喬站在我們的起居室裡看著我和道格拉斯，帶我逐條了解這份婚前協議。道格拉斯沒在派對那天的晚上拿給我。他又等了幾天，還準備了鮮花和Tiffany鑽石項鏈來緩衝這個打擊。只不過，禮物並無法有效緩和打擊的力道。

「簽婚前協議這件事讓我不舒服。」我看著坐在我身邊的道格拉斯，他穿著牛仔褲和T恤，看起來簡直見鬼的邋遢。「親愛的，我們一定要經歷這件事嗎？」

「條件**極其**優厚。」喬又說了一次。「如果你們離婚，妳可以拿到一千萬美金。但妳不能要求他的其他資產。」

「我不要他的資產。」我把一隻手搭在道格拉斯的膝蓋上。我手掌下的牛仔布料很舊了。「我只想安靜結婚。」

「那就簽字。」喬說：「然後我再也不會拿這件事來煩妳。」

「我只是……」我從口袋裡抽出一條繡花手帕，輕輕沾了沾眼睛。「我以爲你相信我，道格拉斯。」

「喔，天哪，」喬嘟囔著：「道格，你眞的吃她這套？」

道格拉斯飛快地瞪他朋友一眼，然後伸手環住我的肩膀。女人一哭他就傻了。

「溫蒂，事情不是那樣的。我眞的相信妳。而且我好愛妳。」

我抬起淚濕的臉看著他。「我也愛你。」

「可是，」他又說：「沒有婚前協議我就不能和妳結婚。我很抱歉。」

我從道格拉斯的棕色眼睛看出他是認眞的。喬成功地說服了他，而現在他無條件盲從。

我偷偷看了擺在我面前咖啡桌上的文件一眼。那份協議書足足有五公分厚。但喬幫我劃了重點。協議書上白紙黑字寫得很清楚，如果我們離婚，我可以拿到一千萬美金。這筆錢遠不及道格拉斯身價的一半，但已經不容小覷。那怕這樁婚姻失敗，分手收場，這筆錢也足以我舒舒服服地度過下半輩子。

這不是說我期待我們離婚。我希望道格能和我永遠在一起，直到死亡將我們分開，諸如此類。然而世事難料。道格拉斯宛如一棟待修的廉價房屋，而且我承認，我可能沒法將他整頓成合我心意的模樣。

「好吧。」我說：「我會簽字。」

49

步驟三：享受婚姻生活……就那麼一小段時間

兩年前

「老天爺。這地方太離譜了。」

道格拉斯不情願地買下這戶頂樓豪華公寓。他覺得我們應該在那間三房小公寓裡度過餘生。嗯，我們在長島是有房子沒錯，但我不知道我會在那裡住多久。道格拉斯倒是很喜歡那棟有五間臥室的房子，而且他老喜歡用惹人厭的方式說到日後要生孩子填滿那些房間。

「這戶頂樓公寓沒比奧森·德寧斯的來得大。」我指出重點。

我們的仲介譚美熱切地點頭。「這只能算是一戶中階的頂樓公寓。」

道格拉斯抬頭瞇著眼看天窗。「我不明白我們爲什麼需要頂樓公寓！我們有一整棟房子！」

直到我們開始找房子之前，我都不知道我丈夫有多吝嗇。任何超過四房的公寓都「太太太大」。而且他不停提起長島的房子，好像有人會花一輩子時間住在**長島**似的。拜託！

「本來我會留下那間小公寓，是爲了萬一留在城裡開會時要住。」他提醒我：「但是我們不會**住在**公寓裡。長島的房子才是我們過生活的地方。」

「我們爲什麼只能住一個地方？」

「因爲我們又沒有**發神經**？」

「很多人都會在郊區和城裡各保留一個住處。」譚美高聲說。

「我們在城裡已經有住處了！」道格拉斯爭論道。

他開始灰心了。道格拉斯是單親家庭，在史泰登島上的公寓長大。他進入城裡專收電腦怪才的公立高中，然後靠獎學金、半工半讀和貸款讓自己從麻省理工學院畢業。他不習慣有錢，根本不知道該拿錢怎麼辦。

他應該向我好好學習。我爸除了二手車沒用過別的車，我媽則是會剪下各種優待券。爲我大姊採買的衣物要等我們三姊妹都穿過才可能丟掉，但到最後所有衣物都像是破布縫在一起。

我恨那些日子。從前，我會清醒地躺在床上，幻想有朝一日變成有錢人要過怎樣的生活。而如今我們有了錢，爲什麼不能得到我們曾經夢想的一切？

經歷了貧窮的童年，我們兩個現在都有錢了。我們就他媽的應該要活出有錢人的樣子。

「道格拉斯。」我一根指頭順著他的手臂往下滑。「我知道這好像有點誇張，但這是我夢想的住處。我已經愛上這地方了。」

「而且，」譚美說：「價格下殺了不少。」

「那是因爲沒有人負擔得起價格這麼離譜的頂樓公寓。」道格拉斯喃喃抱怨，但我看得出他已經沒那麼抗拒了。

「拜託，親愛的。」我對著他猛眨眼睛。「以後我倆帶孩子們進城時，不就有個地方可以過夜了。」

這招對他非常有用。每次我想要達成目的，就只要提起我們還沒出世的虛構兒女。道格拉斯想要四個孩子，但他又不是那個必須努力把孩子擠出來的人。

「好吧。」他的眼神柔和了下來。「管他的。我想這可以，比方說，拿來抵稅之類的。」

「那當然！」睜眼說瞎話的譚美尖聲說。

「謝謝你，親愛的。」我靠過去親我丈夫。他雙手抱住我時，我忍不住注意到他的身體比我們剛認識時更肥胖鬆軟了，這和他該走的路完全是反方向。這點是他必須努力的目標，當然其他還有許多事他也得努力。道格拉斯仍有很大的改進空間。

50

我很愛和我的朋友奧黛麗共進午餐。有她就有精采八卦可聽。這是我夢想中的生活：大白天裡我就能有空，和朋友到城裡最昂貴的幾個餐廳午餐。有時候，我真想捏自己一下，確定這不是一場夢。

然後呢，有些時候我和道格拉斯在一起，他簡直會害我精力透支。有時我想捏的人是**他**。

奧黛麗看來有滿肚子八卦。她嫁給一個還算有錢的男人（而且比她大上不止一點），但他沒道格拉斯富有。她絕對負擔不起我們買下的頂樓豪華公寓。

「妳猜怎麼樣，」奧黛麗輕拍覆盆子色的嘴唇，一邊說話。一些最辛辣的流言蜚語總是這樣開始的。我不知道她從哪裡聽來這些小道消息——我就**絕對**不會把自己的祕密告訴她。「金潔．豪威的離婚官司過了。」

「喔，」我說：「那場官司可不好打。」

金潔的丈夫卡特正好和道格拉斯相反。那傢伙占有欲超強，參加派對時，他的目光永遠不會離開金潔。每次她和我們出門，她總是必須把她確切的出門時間、要做什麼事和回家時間告訴他。我相信這會讓她很疲憊，但同時，她丈夫指使她的樣子讓我覺得有點小性感。卡特相貌英俊，身材保持得很好，和我那胖老公不一樣。

「該怎麼說呢，」奧黛麗小口吃著生菜。「她有米莉幫忙。」

「米莉？那是誰？」

奧黛麗驚訝地看著我，我的臉頰紅了起來。難道米莉是我們社交圈的某個重要人士，而我不知怎麼著忘了她？但接著，奧黛麗說：「她是個清潔婦。」

「好……」

「但她的名聲……」奧黛麗的聲音壓低一級，這表示她馬上要說出一些**重量級的**八卦。「她會幫忙那些和丈夫有點『問題』的女人，會幫她們處理問題。」

「問題？」

我在腦子裡羅列道格拉斯的惡習清單：他上廁所會用掉半卷衛生紙；食物從冰箱裡拿出來直接就著瓶罐吃，儘管我一再要求他別那麼做，他依然故我；我們到高級餐廳用餐時，他懶得學該在什麼時候用哪支叉子，即使我在一開始用餐時就指點過他，他還是有半數時間都會搞錯，這讓我覺得他全憑猜測亂拿。

我從前一直認爲自己能改變道格拉斯；覺得有我的幫助，他可以成爲一個更好的人，像我一樣。但看來他只是變得更糟。

「**不好的**那種。」奧黛麗澄清。「比方說，金潔的丈夫會對她施暴。他會毆打她，甚至曾經打斷她的手臂。」

「天哪！」我倒抽一口氣。我不能說我有這方面的問題。道格拉斯絕對不會對我動手。光是想，他就嚇壞了。「好可怕。」

她嚴肅地點點頭。「所以這個叫做米莉的女人會在這種時候幫忙。她告訴妳該怎麼做，幫妳找到正確的資源。她幫金潔找到很棒的律師。聽說，在沒有其他選項時，她還幫助過幾個女人消失。」

「哇噢。」

「不只如此。」奧黛麗咀嚼另一片生菜，接著用餐巾輕輕擦嘴。「我還聽說，在沒有方法解決的少數幾個狀況下，米莉會……妳知道的，會直接處理掉對方。」

我捂著嘴。「不會吧……」

「就是！」在分享這個事實時，奧黛麗看來滿意極了。「相信我，她強硬得很——是個危險的女人。如果她認爲哪個男人在傷害女人，她大概會不惜一切阻止那種事。她曾經爲了毆打某個想強暴她朋友的傢伙而入獄服刑。她殺了對方。」

「老天爺……」

奧黛麗吃了另一口沙拉，然後把盤子推開。「我好飽。」她宣稱，雖然她還吃不到一半，而且她一開始點的就是小份田園沙拉。「溫蒂，妳確定不想吃點東西？」

我啜了一口我點的含羞草調酒。「我吃了一大份早餐。」

她瞇著眼睛看我，可能是因爲我們共進過三次午餐，我卻從來不點食物。但我總是會喝點小酒。

「我猜，妳在懷孕方面不怎麼走運。」她說。

我暗自咒罵，幾個月前，我恰好提到道格拉斯期待我能早早懷孕。話就這麼不小心說出口。我們嘗試懷孕到現在已經一年了，過程不怎麼順利——也就是說，我沒懷孕。

「還沒。」我說。

「我認識一位厲害的生育專家，」奧黛麗說：「蘿拉去找他，妳看看她現在。」

我們的朋友蘿拉如今有一對雙胞胎，上次我在街上遇到她時，那兩個孩子尖叫個不停。我想到就忍不住瑟縮。「沒關係。我們想試試傳統方式。」

「沒錯，但妳不年輕囉。」她提醒我：「時間不等人吶，溫蒂。」

「好吧。把那位生育專家的名字給我。」

我把醫師的電話號碼輸入手機，但我不準備打電話。可是，如果道格拉斯問起，至少我可以假裝我也盡了力。

51

步驟四：意識到妳和妳丈夫完全不適合彼此

一年前

那天我們在長島的家裡，道格拉斯走進餐室，看到桌上的兩份餐具，突然停下腳步。

「晚餐的其他食物呢？」他問：「在廚房嗎？」

「不。」我坐在桌邊，餐巾已經鋪在腿上。「這是我們的晚餐。布蘭卡幫我們準備了沙拉。」

道格拉斯看著一大盤沙拉，好像那是一大盤毒藥。「就這樣？整頓晚餐就吃這個？」

我嘆口氣。我回想起第一次見到道格拉斯時，就注意到他的雙下巴。當晚我發誓要讓他恢復良好的身體狀況，這麼一來，就可以擺脫雙下巴。但若真要說現在他有什麼改變，那就是他比那個晚上更走樣。老實說，他像是根本不關心自己的體態。

「沙拉裡有生菜、番茄、大黃瓜和胡蘿蔔絲。」我說：「每天吃生菜是我保持身材的祕訣。你應該試試。」

「溫蒂，妳瘦得像竹竿。」他指出來。「想到要吃生菜和芹菜以外的東西，妳就害怕。」

我渾身僵硬。「我只是要維持健康。」

「我很擔心妳。」他皺起眉頭坐在惹人生厭的沙拉前面。「妳從來不吃東西。而且妳昨天跑步之後，還暈了過去。」

「我沒有昏倒！」

「就是有！妳好蒼白，然後妳坐在沙發上，我叫都叫不醒妳。我差點要打電話叫救護車。」

「我累了。我只是跑太久。」我開心起來。「你明天何不和我去慢跑？」

「老天爺，我大概追不上妳。」

我歪著頭。「嗯。所以我們兩個到底誰才不健康？」

道格拉斯搔搔深色的頭髮。「還有，也許這麼瘦是讓妳沒辦法懷孕的原因。我讀到過，過瘦不利生育。」

「喔，老天，」我低聲說：「講了半天一定要繞回這個主題，對吧？不先抱怨一番我怎麼還沒懷孕，你跟我就沒法好好談話，是嗎？」

道格拉斯開口想說什麼，但似乎改變了心意。「對不起，妳是對的。」

他垂下眼睛看著眼前的沙拉，皺起了鼻子。「不淋上沙拉醬嗎？」

「加了脫脂醋。」

「我看不見。」

「是無色的。」

他把叉子插入清脆的生菜葉當中，叉起幾片葉子放進嘴裡咀嚼。「妳確定這裡面加了醬料？因爲感覺很像在吃我們房子外面的草。」

「我要布蘭卡放少許醋就好，因爲這醋雖然脫脂卻不是零卡。」

道格拉斯繼續嚼，吞下沙拉時，喉結跟著上下跳動。吃完沙拉後，他把椅子往後推，站了起來。

「你要去哪裡？」我問他。

「肯德基炸雞。」

「什麼？」我跳起來。「拜託，道格拉斯。你不能這樣。我們要一起熬過去。」

「妳何不跟我一起去？」他說。

「你在開玩笑。」

「我們以前約會的時候，偶爾會去吃速食。」他提醒我。這是眞的，但我試圖忘記那些可怕的回憶。「好啦。我們開車去得來速買，會很好玩的。我聽說他們推出用炸雞取代麵包的三明治。妳不想試試看嗎？還是妳至少去看看那長什麼樣子？」

我的速食歲月應該在我嫁給科技大亨後就終止才對。我搖頭。

道格拉斯難過地看我一眼，但他沒有停下腳步。他走出去，上車就開走，應該是要去買用炸雞取代麵包的三明治。

就在那一刻，我領悟到自己無法繼續當個忠貞的妻子，因爲我不再敬重他。

52

面對正在崩裂的婚姻，我決定這時應該採取購物治療。換句話說，我們需要新家具。

我等到我們回到城裡才去採購，因爲在長島不可能找到任何像樣的東西。但我所不知道的是，道格拉斯已經將他公寓裡的大部分家具運到頂樓公寓，而那些東西全都醜爆了，看來就像是店裡標明「折扣品」或「庫存」的物件。光是看，我都無法忍受。

我試著向道格拉斯解釋，一個家裡的家具必須互相搭配，而經典的老家具不但能彼此襯托，還非常適合我們這棟外觀有尖塔的歌德式建築。道格拉斯一臉茫然地看著我，因爲我說的不是程式語言也不是克林貢語或天曉得他最懂的什麼語言。最後，他終於點頭，讓我喜歡什麼就買什麼。

於是我出門尋找用來裝飾我們頂樓豪華公寓的高品味古董家具，沒想到在大樓的大廳，我遇見了瑪麗貝絲．西門茲。

瑪麗貝絲在道格拉斯的公司擔任助理。我見過她四、五次，覺得她相當開朗。她大概四十出頭，金髮逐漸轉白，相貌平庸，老是穿些俗氣的裙子，而且裙長正好落在讓她的小腿最顯粗的位置。我第一次看到她，就確定她對我的婚姻不具威脅，此後也再沒想過這個問題。

「溫蒂！」她喊道：「喔，能在妳出門前趕上眞是太好了。」

她抓著一個牛皮紙信封，應該是要給道格拉斯的無聊文件。她必須替他拿過來，因爲他甚少進辦公室。他喜歡在城裡的任何一間咖啡店，或是在長島的家裡工作。

「道格在嗎？」她問道。

「恐怕不在。」我瞥了手錶一眼。「而且我沒時間幫他收我不知道的文件。妳得把東西交給門房。」

瑪麗貝絲的笑容略略縮了一點，但她還是點頭。道格拉斯喜歡她是因爲她脾氣好，但我懷疑她的作用是出氣筒。「當然了，沒問題，溫蒂。妳要去哪裡？」

她自來熟的態度讓我有點錯愕，但我想起過去自己貧窮時，對富有人家的日常生活十分著迷，還會去讀一些描述像我這種人的文章。「只是去買點家具。」我告訴她。

「家具？」她的眼睛亮了起來。「妳知道，我先生羅素是一家家具店的經理。他們的店不大，但家具好得不得了。而且他會給妳一個好價格。」她在皮包裡翻來找去，差點把牛皮信封掉到地上，最後終於掏出一張沾到口紅的長方形名片。「這是他的名片。告訴他是我要妳過去的。」

我用拇指和食指的指尖捏起名片。我之所以不太想碰，是因爲這名片之前放在瑪麗貝絲神祕的皮包裡。「好，我也許會去吧。」

「嗯……」她對著我開朗地笑。「看到妳眞好，溫蒂。」

她邁步走向門房，在她走過去之前，我喊出她的名字。「瑪麗貝絲？」

她轉過頭，臉上掛著相同的開朗笑容。「是的？」

「我希望妳稱呼我蓋瑞克太太。」我告訴她：「畢竟我們不是朋友。我是妳老闆的妻子。」

瑪麗貝絲努力維持笑容。「當然了。我很抱歉，蓋瑞克太太。」

我不知道自己這樣算不算刻薄。但我可是嫁給名列紐約富豪榜上的人，不是爲了讓他的助理喊我**溫蒂**。

53

為了證明我不是地表上最惡劣的女人，我決定向羅素．西門茲買一或兩件家具。不妨就讓他賺一點我們的錢吧。要是他們的東西對我家來說太寒酸——我想這是一定的——我大不了捐出去。

那間家具店很小，這我倒是不驚訝。我以為我會看到四四方方的古板沙發，但相反地，我走進去就看到一件迷人的五斗櫃。我停下腳步，欣賞另一件經過仔細拋光、上色，還搭配華麗鏡子的漂亮橡木梳妝台。這梳妝台有三個榫接的抽屜，每個抽屜都有一個小鎖孔，我用指頭輕輕撫過。

這正是我在找的家具。我家需要這個梳妝台。

「這件作品很漂亮，是不是？」

我身後傳來低沉渾厚的聲音，我轉頭找聲音的主人。那一瞬間，我幾乎以為我正看著我丈夫。然而不是，這男人絕對**不是**道格拉斯．蓋瑞克。他身高和道格拉斯相當，體型相仿——前提是，道格拉斯願意偶爾上健身房的話，髮色也差不多，只不過他的髮型修剪得很整齊。這男人雖然只是在家具店工作，但他穿著整燙得宜的白色正式襯衫，打得很完美的領帶。我在當代藝展上第一次見到道格拉斯時，就希望能將他改造成這個模樣。這男人是進階版的道格拉斯，而我丈夫勉強只能算是試用版。

「這件是古董了。」他告訴我：「是我自己動手修復的。」

「你做得太棒了。」我低聲說：「我愛極了。」

他對我微笑，而我的雙膝微微顫抖。「這下沒有議價空間了。」

「我對議價沒興趣。」我說：「我想要什麼，就會不計一切得到它。」

聽到我的話，他的眼中閃過一絲興味。「我是羅素。」

我握住他對我伸出來的手，一陣愉悅的酥麻感往上傳到手臂。

「這是我的店，我很願意今天就把這件梳妝台賣給妳。我敢說，這件家具放在妳的公寓裡一定很合適。」

羅素．西門茲。他應該就是瑪麗貝絲的丈夫了。不知怎麼著，我本來以為自己會看到一個挺著啤酒肚的禿頭白髮男人，而不是**眼前這個人**。

「我是溫蒂．蓋瑞克。」我告訴她。「你太太瑪麗貝絲在我丈夫的公司工作。是她建議我過來的。」

那抹頑皮的微笑停留在他的唇邊。「我很高興她給你這建議。」

最後，我買下大半家店才收手。每次羅素對我提起另一件經過修復的古董家具，我就覺得自己必須擁有。在我將額度高得驚人的信用卡遞給他時，他拿出一張名片——這次的名片乾淨潔白——在背後寫下十個數字。

「如果家具有任何問題，」他告訴我：「隨時通知我。」

我把他的名片放進皮包。「那是一定的。」

羅素爲我結帳時，我忍不住想，我眞希望把店裡的另一件傑作帶回家。而且，當我想要什麼，就會不計一切得到它。

54

步驟五：試著在他處尋找幸福

六個月前

我應該是戀愛了。

之前，我試著去愛道格拉斯。我眞的努力過。我以爲他會逐漸愛上我，以爲他會改變——和我努力改變自己的方式一樣。但是，道格拉斯完全沒意識到，如果他願意費心打理自己、動點小手術，或者矯正那顆歪牙，他會變得有多迷人。（老天爺行行好，哪有一個千萬富翁會歪著顆牙到處跑？難道他以爲這裡是**英格蘭**？）

但道格拉斯對這些事一點興趣也沒有。他沒興趣成爲我想要他當的男人。他只想當**自己**。

反觀，羅素……

雖然我們已經睡了六個月，但我仍然無法不盯著桌對面的男人看。我凝視著他濃密的深巧克力色頭髮——兩側剪得很短，但上方的長度剛好能微捲出一個弧度；凝視他豐茂有力的眉毛。我從來不曾以「有力」這兩個字來形容眉毛，但這個男人可以用那對眉毛來指揮一整個房間的人。眉毛是他身上我最喜歡的部位。但老實說，他的一切我都愛。

銀行存款例外。

女侍來到我們桌邊，臉上掛著大大的笑容。在這麼昂貴的餐廳，侍者永遠特別親切。道格拉斯討厭這樣的地方。**我不喜歡他們過分殷勤**。

「兩位想來份甜點嗎？」女侍問我們。「我們有讓客人讚不絕口的無麵粉巧克力蛋糕。」

「不必了，謝謝妳。」羅素說。

我點頭表示同意。我們從來不吃甜點。羅素和我一樣，非常注意自己體態。他一星期會去健身房好幾次，全身都是雕刻般的肌肉，只是有點中年小腹，但這眞的很難避免。可惜瑪麗貝絲不懂得欣賞。她甚至連自己的金髮都懶得染，再過幾年，她的頭髮會灰得和騾子毛皮一樣。

羅素伸手越過桌面來握我的手。我們在公共場所，兩人又都已婚，這個動作實在太不恰當。然而，當這段火熱關係來到最近幾個星期時，我們已經將謹愼拋到腦後。我有些希望自己被抓到。因爲，這是我有生以來第一次戀愛。

如果道格拉斯要離婚，我會帶走我的一千萬。

「我眞希望不必回去工作。」他喃喃地說。

「也許你可以遲到一點點？」我建議他。

羅素的嘴角拉出微笑。我愛他的熱切。自從我和道格拉斯結婚之後，他很快就失去熱情。即便在婚前，他在床上的表現也不像羅素那樣老到。他就是體能很差。

有一陣子，我們會在旅館開房間幽會，但最近道格拉斯很少去我們的頂樓公寓，所以我直接帶羅素過去。那棟大樓有後門可以出入，我知道那裡沒有攝影機，所以我們不必面對門房狐疑的眼神。

「我不該遲到的。」他說：「店裡最近很忙。」

「店員不是就該在這種時候派上用場嗎？」

通常羅素的店裡只有另一名店員，雖然說，我購買家具的金額實際上已經足夠他再聘一個店員。不過老實說，我是眞心喜歡從他店裡買來的每件精緻古董。羅素的品味無懈可擊。如果他有錢，他會很懂得花。

「今天晚上怎麼樣？」他提議。

「瑪麗貝絲怎麼辦？」

他厭惡地垂下嘴角，每次提起他老婆，他都是這表情。對配偶的厭惡，是他和我的共同連結。「我會告訴她我加班。」

女侍帶著帳單回來，我遞出我的白金卡。每次上高級餐廳都是我付錢，因爲羅素雖然不願承認，但他的確缺錢。可是我不介意，我不是爲了錢才喜歡他，現在我手上的錢夠多了。

「今晚見到妳之前，我只能一秒一秒熬過去。」羅素呢喃地說。他的指頭在桌下順著我的裙子往上爬，我逐漸喘不過氣。

「羅素，」我輕聲笑，「別在這裡，旁邊有人。」

「在妳身邊，我控制不了自己。」

「羅素……」

女侍清了清喉嚨，打斷我情人在桌下帶給我的享受。她手上拿著我的白金卡。「很抱歉，但這張卡沒刷過，交易被拒絕了。」

我翻個白眼。「那是你們機器的問題，麻煩再試一次。」

「我試了三次。」

我嘆了一口氣。天哪，這些餐廳的員工是很親切沒錯，但有時還眞是無能到令人難過的地步。他們會端盤子維生不是沒道理的。我從皮包裡掏出ＶＩＳＡ卡。「試試這張。」

只不過一分鐘後，女侍帶著我的第二張卡回來。「這張卡也刷不過了。」她告知我。語氣已不像剛才伺候我們用餐時那麼輕柔，引得鄰桌的客人也看了過來。

我不知道這是怎麼一回事。我嫁的是該死的道格拉斯・蓋瑞克。我的信用卡沒有額度上限。錯顯然在餐廳，但看來其他人好像沒碰到問題。

「試試我的卡。」羅素說話了。他拿出他皮夾裡的信用卡遞過去。女侍急急走去試他的卡，我對他投以抱歉的目光。「眞的很抱歉，我不知道出了什麼事。」

「沒問題的。」他說，其實他眞的負擔不起這裡的餐費。如果我知道他要付錢，就不會來這種地方。但這時候我們也沒別的辦法。

羅素的信用卡一刷就過。是我的卡出了狀況。我們是不是有我不清楚的財務問題？像我們這樣的人不會有卡債。說實話，我對財務一竅不通。我有好幾張信用卡，刷卡時我根本不會多想。

今晚我得和道格拉斯談談這件事。

55

我打了好幾次電話給道格拉斯，可是他沒接。我傳的幾封簡訊他同樣沒回。

我不知道發生了什麼事。我在另一家商店刷卡同樣被拒絕。所以錯不在餐廳。

我打電話到信用卡公司找答案。他們的回答讓我震驚。我每張卡都被取消了。**所有的卡**。

最後，我決定開車回長島的家去找道格拉斯談。雖然我們城裡的頂樓豪華公寓裡擺滿古董家具，但他更喜歡長島的房子。他說他喜歡安靜，少了城裡響個不停的喇叭聲和警笛聲，他睡得比較好，而且他喜歡新鮮空氣。但長島**無聊**到令人窒息，不但沒事可做，也沒有體面的商店。

到家時，我發現家裡沒人。我想到，雖然道格拉斯睡在這裡，但我已經超過一星期沒來。最近，我丈夫和我更疏遠了。我們一個月只有一次性生活，也就是我們試著讓我懷孕的時候。

但至少房子很乾淨。進門時，我以爲自己會看到髒披薩盒，沙發上丟著穿過的襪子，因爲道格拉斯算是有點邋遢。沒想到起居室看起來很……舒適，這麼措辭應該沒錯吧。道格拉斯換掉了我挑的白沙發，取而代之的是一套深藍色沙發，上面堆著看似快用壞的靠枕。我坐在沙發上等他回家。我不得不承認這沙發雖然非常醜，但坐起來很舒服。

我一直等到將近九點才聽到車庫門打開的聲音。我坐直身子，然後又決定站起來。我即將面對的，是那種需要挺身捍衛權利的談話。我知道該怎麼面對。

一分鐘後，道格拉斯從後門進來。他的頭髮比平常更亂，臉上有兩個黑眼圈，領帶鬆鬆地掛在領口。看到我在起居室裡，他停下腳步。

「你停了我的信用卡。」我咬牙切齒地說。

「我還在想妳要花多久時間才會過來。」

他以爲這是某種玩笑嗎？「我在吃午餐，結果信用卡**刷不過**。我沒辦法付錢，你能體會嗎？」

道格拉斯走進起居室，扯掉領帶。「什麼？羅素沒有信用卡嗎？」

我張大了嘴。「我……」

他把領帶往沙發上一扔。「我不懂妳爲什麼這麼驚訝。妳覺得妳可以在城裡帶著別的男人四處親熱，而我不會知道？妳覺得妳可以用我的信用卡到旅館開房間，然後我還不知情？妳以爲我有多笨哪？」

「我……我很抱歉。」我的心臟狂跳。我從沒聽過道格拉斯用這種口氣說話，但我內心還是有些慶幸能有這次對話機會。嫁給道格拉斯．蓋瑞克的這些日子，我覺得好累。能這樣開誠布公，我覺得很高興。「我不是故意的。」

「喔，拜託。妳想了半天只說得出這句話？」他厭惡地看著我。「瑪麗貝絲的**丈夫**？妳怎麼可以做這種事，溫蒂？瑪麗貝絲幾乎和家人一樣。」

是**你的**家人吧。我可從來沒在乎過那個女人，即使在和她丈夫上床前也一樣。現在我知道她對羅素而言是個多麼不適任的配偶，就更不喜歡她了。「她知道嗎？」

他搖頭。「我沒辦法那樣對待她。那會毀了她。」他哼了一聲。「話說回來，妳根本不在乎。」

「我們的婚姻又不是多完美，道格拉斯。」我指出來。「你和我一樣，都清楚這點。」

聽到我的評論，他的戰鬥情緒稍有緩和。他棕色的眼睛軟化了。我丈夫其實是個很容易受到影響的人，這也是我一開始會嫁給他的原因。我知道，不管我想要什麼，他都會給我。

「我覺得我們應該去做婚姻諮商。」他說：「我找到一位大家都很推薦的治療師。我知道我很忙，但是我願意爲這件事抽出時間。爲了**我們**。」

我想像自己和道格拉斯坐在治療師的辦公室，一起討論我們的諸多問題，這些問題加總起來正好呈現事實：我們對生命的願景完全不同。「我不知道……」

「溫蒂。」他走過來握住我的手。我讓他暫時握著，心知再過幾秒我就會抽手。

「我不想放棄我們的關係。妳是我的妻子。儘管我們在這方面遇到一些困難，但我還是希望妳能當我孩子的母親。」

我意識到現在是坦白的最佳時刻。我必須撕開創傷貼布，否則我可能永遠擺脫不了這個男人。我們相處了這麼久，讓他知道眞相也是應該。

「其實，」我說：「我不能生。」

結果先抽手的人是他。「**什麼？**妳在說什麼？」

「幾年前，我的輸卵管在感染後受損。」我告訴他。當年我二十二歲。我的骨盆腔劇烈疼痛，醫師事後解釋，在感染蔓延到兩側輸卵管之前沒有任何症狀。由於痛得太厲害，於是醫師爲我做了腹腔鏡手術清除傷痂，在那個時候他們告訴我，我再也不可能自然受孕。**透過生殖技術受孕的機會也不大，但由於傷痂的範圍過大，人工受孕的機會也非常小。**

我聽到後震驚到幾乎崩潰。痛恨自己的運氣怎麼這麼差。儘管我在貧苦的環境中長大，仍然夢想著某天能生養一群孩子塡滿自己的家，就像我父母那樣。得知這件事讓我連哭了二十四小時。

但這些年來，我發現不育是個祝福。我好多朋友都給小孩綁住，他們的銀行帳戶也逐漸被孩子榨乾。也因此，我很慶幸自己沒生小孩。眞的，那次感染是發生在我身上最好的事。

道格拉斯不斷搖頭。「我不懂。妳是說，這麼久以來，妳一直知道自己不可能懷孕？」

「沒錯。」

他癱坐到沙發上，目光呆滯。「我們試了**好幾年**。妳卻連一個字都沒說。我不相信妳會這樣騙我。」

我傷了他的心，但這麼做對他最好。就像我說的，創傷貼布必須撕開。「我早就知道你不會想聽。」

他抬頭看我，雙眼有些濕。「嗯，那麼領養呢？或是……」

喔，天哪，我**最不想要**的就是照顧別人的小孩。「我**不想要**小孩，道格拉斯。我一直都不想。我想要的是結束這段婚姻。」

「但是……」他的下巴顫抖。他還是有雙下巴。在這段婚姻中，在幫助他擺脫雙下巴這件事上，我一直沒有進展。我以爲他有改進空間，但我始終無法成功改造他。

「我愛妳，溫蒂。妳不愛我嗎？」

「不愛了。」我說。這麼說，總比告訴他我從沒愛過他來得體貼。「我不想和你繼續在一起。我沒法尊敬你，而且我們想要的根本不同，所以最好是分手。」

一千萬美金到手後，我就不必擔心他取不取消我那愚蠢的信用卡。我可以獨立生活。羅素可以離開他老婆，我們可以隨心所欲。

「好。」道格拉斯掙扎著站起來。「妳想放下這段婚姻？妳達成目的了。但是我的錢，妳一分都拿不到。」

可惜這由不得他。他想懲罰我，但我知道自己的權利。「那份婚前協議裡寫了，我可以拿到一千萬美金。我不會要求更多。」

「對。」那雙棕色眼眸中的呆滯消失，他銳利的眼神猶如雷射光般對著我的臉。「如果我們離婚，妳能拿到一千萬美金。但婚前協議裡也寫了，如果我有妳出軌的證據，妳**什麼都拿不到**。」

我回想喬在婚禮前遞給我的厚厚文件。我曾經考慮過是否要交給律師審視，但我看到白紙黑字寫了我若離婚能拿到一千萬。我不想浪費幾千塊，我不需要去聘什麼律師。

「我很樂意讓妳看條文寫在哪裡。」他唇角往上揚。「就在第一百七十八頁。我不知道妳怎麼會沒看見。」

我握緊雙拳。「喬耍了花招。他一直叫你不要信任我。」

「不對，簽婚前協議是**我的**想法。有關不忠的條文也是。」道格拉斯解開領口第一顆釦子。「我要他表現得像是他的建議，這麼一來，妳才不會生我的氣。我本來是希望妳信任我——即使我不信任**妳**。」

我瞪著我的丈夫，怒氣逐漸飆高。「你不能在沒有告知我的情況下添加條文。那是……那是欺騙。」

他揚起眉毛。「喔，妳是說，像是妳之前沒說妳不可能懷孕那樣？」

我的胸口一緊，開始呼吸困難。道格拉斯老愛說這裡的空氣好，但是我一點都不覺得。「好。但祝你找得到我出軌的證據。」

儘管這會讓我生不如死，但我這陣子不會再和羅素見面。我不能給道格拉斯任何證明我不忠的機會。

「哦，別擔心。我已經有照片、錄影帶……應有盡有。」

我倒抽一口氣。「你雇偵探窺探我？」

他瞪著我，目光猶如毒液。「我只要在我們自己的公寓裡裝幾個隱藏攝影機就夠了。夠低調吧？」

該死的。我們不該那麼粗心。如果我早知道……

「妳說不定可以回去做原來的工作。」道格拉斯若有所思地說：「妳之前是做什麼？是不是在梅西百貨站櫃台？聽起來很有趣。」

我恨這個男人。過去三年，我對他產生過各種情緒，但我這輩子從來沒有這麼憎恨任何一個人。沒錯，我對他是沒有完全坦白。但要讓我身無分文？他真的是虐待狂。

「那麼我不會和你離婚，」我說：「我不簽字。你沒法把我趕出你的人生。」

「很好。」他冷靜得讓人憤怒。「但是妳拿不回任何一張信用卡。而且，銀行所有帳戶都在我名下，我也會禁止妳使用。」

我不曉得道格拉斯有這一面。但我想，一個人能擔任這麼大公司的執行長，絕對不會沒有兩下子。

「妳還是可以住在頂樓公寓，讓妳決定妳想怎麼做。」他補充道：「目前還可以。但這幾個月我就會把房子上架出售。」

說完話，他轉身離開起居室。他的領帶還丟在沙發上，我有那麼點想抓起領帶勒住他的脖子，絞乾他的生命。

我當然沒那麼做，但這想法實在太誘人了。

因爲，如果道格拉斯跟我離婚，又能證明我出軌在先，我就什麼都拿不到。但是，如果他是先死了呢，根據他的遺囑，我可以全部繼承。

56

步驟六：想好如何把妳丈夫變成該死的人

四個月前

「道格拉斯威脅我，說他很快就要把頂樓公寓上架出售。」我告訴羅素：「我不知道該怎麼辦。」

我們一起躺在主臥室的加大雙人床上。之前，知道道格拉斯在這裡裝了攝影機後我整個慌了，所以我雇用專家找出那些攝影機，並且一一拆掉。放棄這戶頂樓公寓不在我的選項之列，畢竟這地方雖然屬於道格拉斯，但同樣也是我的。這張床是我挑的——況且我一隻手就可以數出道格拉斯睡在上面的次數。他從來沒喜歡過這戶公寓。反觀，羅素則是迷戀得不得了。他和我一樣喜歡。

問題是，縱使我拿到那一千萬，我也沒法留在這裡。但是若沒了那筆錢，一切只是場荒唐的夢。

「他不會那麼做的。」羅素用指頭輕撫我裸露的肚子。「如果他賣掉公寓，妳就必須去和他住在一起。他不會想要的。」

我好絕望。「天知道他想要什麼？他只是想懲罰我。」我試著懷孕的謊言顯然將他逼到了瘋狂邊緣。他想讓我受苦，爲了我的罪付出代價。「但是我能怎麼辦？」

「無論如何，妳都可以和他離婚。」他說：「然後和我在一起。我會離開瑪麗貝絲。」

「但是我們會窮困潦倒。」

「不，我們不會。」聽到我那麼說，他顯得不太高興。「我有我的店。妳也可以找工作。我們不會窮困潦倒。」

有時候，我覺得羅素和我是天生一對，但有些時候他會說出這種話。

總之目前呢，我只能等待。一旦道格拉斯和我離婚，事情就成了定局——他的錢我一分也拿不到。所以我每天都在祈求他走在路上被車撞。城裡天天都有這種事，爲什麼就不能發生在我丈夫身上？

「如果他能死掉就好了。」我說：「想想他吃下那麼多油膩的食物，他應該會心臟病發作送命。」

「他才四十二歲。」

「四十多歲的人經常死於心臟病。」我指出來。「況且道格拉斯還吃心臟病的藥物。這也不是不可能。」

「期待道格拉斯心臟病發作不是個靠得住的計畫。」

羅素不像我，看來，他不怎麼樂於想像道格拉斯死亡。那純粹是因爲他不如我那麼了解道格拉斯。

「這個婚前協議的狀況一定有解。」我說：「道格拉斯是個混蛋虐待狂，他必須爲他對待我的方式付出代價。一定有什麼方法可以懲罰用這種方式對待妻子的丈夫。他切斷我的經濟來源，威脅要賣掉我的家……這根本就是虐待。」

就在我說這些話的時候，好像有什麼東西在我後腦抽動。好久以前我朋友奧黛麗說的故事。關於某個清潔婦，那女人會爲受丈夫凌虐的女人發聲。

相信我，**她強硬得很……如果她認爲哪個男人在傷害女人，她大概會不惜一切阻止那種事**。

我閉上眼睛，努力回想那女人的名字。接著我想起來了：

米莉

道格拉斯的可怕和金潔的丈夫不同，不是肢體虐待。但是他邪惡又愛擺布人。虐待未必一定是身體上的——我丈夫要把我從我的家趕出去，還要讓我身無分文，這不就和打斷骨頭一樣，也算是虐待吧？

這個清潔婦會答應嗎？我不知道。可能需要說服她一下。

但是……如果她看到一個男人用可怕的方式對待我，而且讓她相信那男人是我丈夫？當然了，那不會眞的是道格拉斯，因爲他現在想盡辦法避開我。況且，道格拉斯絕對不會對我動手，就算我故意激怒他也一樣。可是這個叫做米莉的女人不會知道我丈夫是誰。道格拉斯非常小心，他刪除了網路上所有他的照片。如果米莉看到某個男人賞我耳光，她肯定會積極幫助我。如果那個男人做的事夠惡劣，我甚至沒法阻止她。

慢慢地，我腦中有個計畫逐漸成形。

57

幾週前

我看著鏡子裡的自己，差點失聲尖叫。

我的臉看起來宛如由紫色瘀青渲染開的夢魘，當中還夾雜著其他幾處褪成黃色的瘀傷。光是看就痛。羅素看著我在顴骨刷上最後幾筆顏色，隨即露出欽佩的表情。

「妳簡直是魔術師，溫蒂。」他告訴我：「看起來像真的一樣。」

我花了好幾個小時練習，參考好幾部YouTube影片，現在我已經成了世上製造擬眞瘀青的頂尖高手。我看起來，眞的就像遭人狠狠痛毆過。

我希望我投注在這幅傑作的努力，米莉會欣賞。

大部分情況下，米莉似乎眞的很入戲。此外，她還是個傑出的廚子和管家。她甚至成功地買到我最喜歡的拇指西瓜。即將發生在她身上的事，實在讓人遺憾。

但除此之外，沒有其他辦法了。

「近乎完美。」我拿開彩妝工具。「只差一樣。」

羅素揚起眉毛。自從米莉到職的那天起，他便完美地假扮了道格拉斯。太不可思議了——要是把羅素的外表、人格和道格拉斯的權勢加在一起，就是一個完美的男人了。「眞的？我看起來，妳這個樣子已經是相當完美。」

我再次檢視鏡子中的自己。完美還不夠。一定要比完美**更好**。如果米莉懷疑我這是化妝，就算只懷疑一秒鐘，那麼遊戲就結束了。我一定要做到無懈可擊。

「你得揍我。」我說。

羅素頭一仰，笑了出來。「對。聽起來不錯。」

「我是認眞的。我需要你打破我的嘴唇。看起來要是**眞的**。」

意識到我是百分之百認眞時，羅素臉上的笑容消失了。「什麼？」

「不能讓她懷疑這是化妝。」我告訴他。「而且，以我手頭上的材料，沒法假造嘴唇破裂的樣子。所以，你得揍我。」

羅素往後退，驚駭地看了我一眼。「我才不打妳的臉。」

「你不必愧疚，是我要你這麼做的。」

「我這輩子沒打過女人。」他看來有些反感。這讓我懷疑他有沒有膽量完成這個計畫。在一切結束之前，他必須做比打我臉更糟的事。「我不要打妳，溫蒂。」

「你得打。」

「不行。我辦不到。」

我沮喪到幾乎要尖叫。他當這是**笑話**嗎？

我藏了一小筆錢，存進我的個人帳戶以備不時之需，此外，我還賣掉了一些珠寶和衣服。這些錢要來支付米莉的薪資——極其優厚的薪資。然後，我還花了其中的一大部分，買下日後會讓警察懷疑是道格拉斯送給米莉的洋裝，以及一條昂貴的刻字手鍊。另外，我以嚴重過敏為藉口，買了滿櫃子的清潔用品，其真正目的是不讓門房看到米莉帶來一瓶瓶的地板清潔劑和家具拋光劑。

無論如何，這筆錢用不了多久。我需要結束這件事，而且要快。

「你眞可悲。」我厲聲恥笑他。「我眞不敢相信，你竟然不願意為我做這件小事。我們有一夜致富的機會，結果卻被你搞砸了。」

「溫蒂……」

我譏笑他：「難怪你四十多歲還只是一個賣家具的推銷員。**眞可悲**。」

「夠了，溫蒂。」羅素咬著牙說。

他的右手握起拳頭。他對自己的職業很敏感，這我很清楚。他一直夢想能成為成功的生意人，然而管理一家經營不善的古董家具行離那個夢想還遠得很。我可以幫他做更多事，可以把他變成他想成為的人——他**應當成為**的人。

他只需要**打我**就好。

「你這個扶不起的男人，」我繼續說：「家具行破產時你要怎麼辦？去麥當勞找工作？幫炸薯條灑鹽？」

「夠了！住嘴！」

「你要我住嘴？那就**揍我**！」

我還來不及注意發生了什麼事，左臉就爆出劇痛。我喘著往後退，抓住掛毛巾的架子穩住自己。在那一瞬間，我當眞看到星星。

「溫蒂！」羅素痛苦的喊叫聲將我拉回現實。「老天爺，我眞的好抱歉！」他看似就要哭出來，但他的感覺一定沒有我的臉來得慘。天哪，他揍得眞用力。我本來還不確定他能否辨得到。我摸摸臉，發現血水從鼻子湧了出來。

「妳在流血。」他喘著氣說。

他抓起一疊衛生紙遞給我，我盡全力止住鼻血。兩、三分鐘後，血水似乎止住了。嗯，幾乎完全止住。

我望向羅素，發現他有力的眉毛擰在一起。「妳還好嗎？我眞的很抱歉。」浴室弄得一團糟。地板上都是我滴下來的血。洗手台的邊緣還有個血手印，那是我抓著洗手台，情急之間試著止血時留下來的。

喔，我的天，眞是完美。

58

步驟七：殺掉那個該死的混蛋

道格拉斯被殺的那夜

電梯齒輪發出刺耳的嘎吱聲。道格拉斯到家了。

就是這一刻了。過去幾個月以來，我們辛辛苦苦的準備就是爲了這一刻。米莉一小時前發抖著離開公寓，深信她謀殺了我丈夫。警察會偵訊她。她會崩潰，然後坦承自己做了什麼事。我仔細準備好的證物足以讓他們相信她會動手，是因爲她和我丈夫有染。我不能讓自己捲入其中。

現在，拼圖只差一小片就完成了。這次，我們要眞的殺了道格拉斯。

羅素躲在廚房裡等待，握著米莉剛才用空包彈射他的槍——只不過這次裝了實彈。他準備好了。

電梯門打開，我順著走廊過去，最後一次迎接我丈夫。看到他，我驚訝地停下腳步。跟我上次看到他相比，現在他瘦了不少，臉上掛著深紫色的眼圈，下巴的鬍子至少有兩天沒刮。

「你看起來糟透了。」我脫口說出來。

道格拉斯飛快地抬頭。「我也很高興見到妳，溫蒂。」

「我是說……」我撥開掉到臉上的頭髮。稍早，在米莉離開後，我小心地擦掉了化妝出來的假瘀青。「我是說，你好像……很累。」

他長長地、痛苦地嘆了一口氣。「我不眠不休在寫軟體的更新版本。然後妳還在將近半夜時打電話求我過來。」

「東西帶來了嗎？」

道格拉斯提起他老是帶在身邊的破舊皮革公事包。「離婚文件在這裡。我希望妳準備要簽名了。」

不完全是這樣。但他不必知道。

我帶著道格拉斯走進起居室。我渾身緊繃，等著羅素從書房出來，對準我丈夫的胸膛直接開槍。羅素應該在道格拉斯走進來時開槍。他應該……現在就動手。

該死。

道格拉斯順利走到我們的L型沙發旁邊，沒在中途遭到我的情人謀殺。我很失望。他沉沉地坐下，把公事包放在咖啡桌上。

「我們把這件事做個了結吧。」他低聲咕噥。

不，還沒有。我不是要他過來簽離婚文件的。我要他過來，是爲了相反的原因。只不過，羅素到現在還沒出來。我看不到也聽不到他的動靜。到底怎麼了？

「我幫你倒點喝的過來好嗎？」我問道。他看似要拒絕，於是我很快地說：「我去幫你倒水。」

道格拉斯還來不及抗議，我就衝向廚房，讓他獨自拿著離婚文件坐在沙發上。我現在眞的是怒火中燒。直到此刻，一切都照著我的計畫進行。現在只需要發生一件事：羅素必須殺了道格拉斯。

只不過當我走進廚房時，羅素正縮著身體窩在角落。那把槍放在流理台上，他看來就要恐慌發作，戴著皮手套的手抓住流理台，整個人快速換氣，臉色發白。

「羅素！」我噓他。「你該死的在等什麼？」

今晚他特別難溝通，甚至在米莉過來之前還威脅要退出，拉拉雜雜說了一大串擔憂。**妳確定用空包彈射擊安全嗎？演員李國豪不就是這樣送命的嗎？如果她不用槍，而是拿刀刺我怎麼辦？**

最後，我成功地讓他度過假裝要勒死我的場景。在米莉用空包彈射擊、他也沒死之後，我想我們已經度過最困難的部分。誰知道現在他竟然像是沒法把空氣吸進肺部。

「我辦不到。」他吞了吞口水。他的額頭淌著汗水，有力的雙眉擰成一道。「我沒法對他開槍，溫蒂。拜託妳別逼我動手。」

他在開玩笑嗎？我們花了好幾個月一起布局。我們極其謹慎，出入只從後門走，還以最正確的方式布置現場。我因為怕遇見米莉，根本不太敢離開公寓，而且我付出了全副精力讓頂樓公寓看起來像是道格拉斯仍住在這裡。我甚至買了一堆男人的衣服讓米莉洗。（只不過，在第一天，我笨到忘了把衣服攤開。我相信她一定以為我們是會把髒衣服折起來的神經病。）我花了這麼多時間和精力才布置出這一切。

而現在，眼看羅素就要毀掉一切。

「你實在太離譜了。」我咬牙切齒地說：「你有什麼毛病？一開始的計畫就是這樣！這麼做，才能得到我們想要的一切。」

「我不想做這種事。」他急迫地低語：「我只想和妳在一起。我們還是可以的。」他穿過廚房，想用雙手抱住我的腰。「聽我說，我們不必這麼做。我們可以現在就離開。妳離開道格拉斯，我離開瑪麗貝絲，我們可以在一起。我們不必殺他。」

「只不過到時候我們會一**無所有**。」我甩開他的擁抱，心中只剩下憤怒。我以為羅素想要的和我一樣，但現在我不確定了。因為如果他是，此刻我丈夫的胸口應該已經中彈。「這是唯一的方法，羅素。」

「我不想動手。」這下他開始啜泣。「我不想殺他，溫蒂，請妳不要逼我。拜託。」

哦，天哪。

我在廚房裡待太久了。道格拉斯會懷疑我爲什麼花了這麼久時間，他會進來察看。或者他也可能聽到羅素倉皇失措的說話聲。我沒時間當羅素的啦啦隊了。我必須自己處理這件事。

我從水槽下抓出米莉用來清理廚房的拋棄式手套戴到手上，然後幫我丈夫倒了杯水。我拿起槍，猶豫一下後，又把槍放進開襟毛衣的口袋裡。毛衣的口袋很大，正好藏住手槍——簡直像是我穿上這件開襟毛衣時，就已經知道我必須做這件事，因爲羅素會像個大孩子一樣差點毀了一切。

我回到起居室，看到道格拉斯坐在沙發上翻閱我們那疊離婚文件。這段時間，他一直希望我簽名，但我一直拒絕。我知道，只要我同意簽名，就可以騙他過來。

我用空著的手掂了掂開襟毛衣口袋裡的槍。槍很重，扯得毛衣往下墜。我沒理由等待。我可以現在對他開槍。但是，不。我必須當他的面開槍，如此一來，他才能看起來像是遭到米莉正面近距離擊斃。

而且，我也有些想要看著他的臉動手。這是爲了讓他知道惡搞我的下場。他想奪走我的一切，讓我一無所有，現在他會得到應有的報應。

我把那杯水放在桌上後立刻把雙手插進口袋；我的動作很快，免得他注意到我戴著橡膠手套。這套餐具是米莉收拾的，所以杯子上會留有她的指紋。太完美了。

「我這裡有枝筆。」道格拉斯含糊地說，在破公事包裡找來找去。一會兒後，他找出一隻原子筆。「來。」

「好吧。」我握緊口袋裡的槍。「就像你說的，我們把這件事做個了結吧。」

道格拉斯伸手準備把文件交給我，但接著停下動作。他垂下肩膀。「我不想看事情變成這樣，溫蒂。」

我皺著眉頭。「你是什麼意思？」

「我是說……」他把離婚文件扔到咖啡桌上。「我愛妳，溫蒂。我不想離婚——想到離婚我就好難過。我不在乎之前發生什麼事……我想重新開始。就我們兩個。」

他臉上露出希冀的表情。我必須承認，這個想法很吸引人。我們雖然計畫了今晚的一切，但這不保證羅素和我能成功逃過謀殺罪。我最早的計畫是和道格拉斯度過一生，儘管我沒能將他塑造成我要的樣子，但他並非一無是處。而且最重要的，是我們會有數不盡的錢。有足夠的錢，和誰在一起都能得到快樂。

「也許……」我說。

一抹微笑落在他嘴邊，他眼下紫色的眼圈似乎淡了些。「我很希望，我非常希望能有個嶄新的開始。」

「怎麼樣的新開始？」

「首先，我想擺脫這些。」他環顧我們寬敞的公寓。「如果只有我們兩個人，我們不需要這麼大的空間，甚至不需要長島那棟大房子。這些錢對我們的婚姻造成妨礙。我們太有錢了。」他羞澀地笑。「我和喬討論過，用我大部分的錢成立慈善基金會。尤其是，如果我們不生小孩，這些錢可以做太多好事——天知道，**我們**不需要錢。也許妳能夠參與基金會的運作？我們可以同心協力。」

他瘋了嗎？他怎麼可能以爲那是我想要的生活？「道格拉斯，我不想要那樣，我想回到我們原來的生活。」

「可是妳以前並不快樂。」他沉下臉。「妳對我不忠。我們的婚姻支離破碎。」

我咬著牙。「所以你覺得貧困會帶來快樂？」

「不會，可是……」他用雙手揉膝蓋。「聽著，我們不會貧困。我們只不過不再是億萬富翁。而我看不出那有哪裡不好。就像我剛剛說的，我甚至不知道我們爲什麼需要這麼多錢。我甚至不想要！」

這就是道格拉斯和我永遠不會美滿幸福一輩子的原因。這男人就是不懂。他不懂其他女孩取笑妳、問妳大衣是不是從垃圾桶撿來的感覺；不懂妳父親傷了背，成了殘障，但補助款連電費都不夠付，所以妳得經常在黑暗中打著手電筒做事。儘管妳的姊妹假裝像是在冒險，但實際上眞的**不是**。那不是一場冒險。是一貧如洗，是一無所有。

道格拉斯現在不懂，以後也**永遠不會**懂。我們終於擁有我靠手電筒做功課時夢想的財富，他竟然要我拱手送出去！這讓我異常憤怒，我想伸出雙手，用我這雙手以剛才羅素假裝勒我的方式勒住他，只不過這次是來眞的。

只不過，我不必勒死他。

我口袋裡有槍。

我掏出手槍，當我拿槍指著我丈夫的胸膛時，我的手出奇穩定。他略帶血絲的雙眼睜得又圓又大。他早就知道情況不對，但他不知道事情糟到這種程度。

「溫蒂，」他沙啞地說：「妳在做什麼？」

「你應該知道。」

道格拉斯低頭看著槍管，身體彷彿縮小了。他幾乎難以察覺地搖頭。我本來以爲他會出言懇求，但是他沒有。他眼中有種認命的情緒。

「妳眞的愛過我嗎？」他終於說。

這問題的答案會傷害他的感情。雖然發生了這麼多事，但我還是不想在他人生的最後一刻摧毀他。所以我只說：「這與愛情無關。」

我從來沒開過槍，但這種事似乎不需要學習。我本來以爲動手的人會是羅素，但他還縮在廚房裡，所以這事得由我來。

槍聲比我想像得大許多──我扣下扳機後，巨大的聲響還迴盪在公寓裡。後座力穿過我的手臂通向肩膀，猛地衝向我的頭頸。但我保持雙手穩定。

子彈正中道格拉斯的胸口。這槍射得很準，特別是，再怎麼說這也是我第一次開槍。在死前幾秒，他低頭看著快速染紅白襯衫的鮮血，意識到即將發生的事。接著，他臉上血色褪盡，整個人倒在沙發上。他的眼睛仍然開著，眼球往上翻，胸口再也沒有起伏。

「很抱歉。」我輕聲說：「我眞的很抱歉。我多麼希望我們的婚姻沒出問題。」

羅素跑出來時，我還在耳鳴。他做的第一件事是捂住自己的嘴巴，而我想的是，希望他別吐在地上。否則警方到場時，事情就糟了。

「妳下手了。」他倒抽一口氣。「我不敢相信妳眞的動手了。」

「我做到了。」我從沙發上站起來，把槍放在咖啡桌上，脫下橡膠手套。「如果你不想坐牢，我會建議你現在立刻離開。」

羅素看來還在努力控制呼吸。「妳眞的認爲妳可以把整件事栽在米莉頭上？」

「你等著看吧。」

第三部

米莉

Part III

MILLIE

59

這件事撲朔迷離，搞得我頭暈目眩。

我關掉電視，短暫閉閉眼睛。不過才昨天，我在上西區頂樓豪華公寓裡開槍殺死一個男人，但就在剛剛我看到的報導卻翻轉了一切。

我試著在腦海裡描繪道格拉斯．蓋瑞克的樣子。我能夠清楚看見他往後梳的頭髮，那雙深邃的棕色眼睛，以及明顯的顴骨。過去幾個月裡，我看過他太多次，但問題是，新聞報導中的那個人不是他。

至少我覺得不是。

我找出手機，打開網路瀏覽器。之前我就搜尋過道格拉斯．蓋瑞克，但我找到的都是有關他在貨幣斯托克擔任執行長職位的文章，卻沒有任何照片。然而，現在螢幕上出現了十來個連結，我點擊其中任何一個，打開的都是道格拉斯．蓋瑞克的同一張大頭照。

我仔細研究手機螢幕上的照片。這男人和我所知道的男人長得還算像，但卻不是他。照片上的男人比我見到的男人重了至少大約十到十五公斤，長歪的左門牙也不一樣。再加上他的五官也稍微不同，好比鼻子、嘴巴和一點點雙下巴，全都不太一樣。我知道有些人的照片和真人長得不太像。難道是修圖修得太過頭？

也許他們是同一個人。一定是的，對吧？因爲，如果不是，這一切就太詭異了。

喔天哪，我覺得自己快瘋了。

說不定我眞的瘋了。說不定道格拉斯．蓋瑞克和我**眞的有**不爲人知的婚外情。我是說，拉米瑞茲警探好像掌握了不少證據。而且，很明顯地，溫蒂．蓋瑞克說那是眞的。

但是我沒有和道格拉斯（或是我以爲是道格拉斯的那個男人，唉唷，天知道他是誰）在汽車旅館過夜。而且我可以證明。因爲讓溫蒂下車後，我就開車回到城裡。況且，我還有證人。

恩佐．阿卡迪。

我一直猶豫是否要和恩佐聯絡，如今我別無選擇。我被男友放生，這不怎麼意外，但仍然讓我心碎。過去四年間，我一直不擅與人接近，因爲我害怕當他們發現我的過去後不知會怎麼想我。伯克知道我曾經犯罪入獄，當下就走人。於是我又是獨自一人，無依無靠。

除了恩佐。他會相信我。

如果他不信，那麼我就眞的是有麻煩了。

我在聯絡人名單中找到恩佐，這名字一如往常地等著我。我猶豫了不到一秒鐘，就按下他的號碼。

電話一響他就接了。聽到他熟悉的聲音，我差點哭出來。「米莉？」

「恩佐，」我費力地喊出他的名字。「我遇上了大麻煩。」

「對。我看到新聞了。妳老闆死了。」

「所以，嗯……」我對著手掌咳嗽。「你有沒有可能過來？」

「給我五分鐘。」

60

四分鐘後，我幫恩佐開門。

「謝謝你。」他走進我的小公寓時，我說：「我……我不知道還能打電話給誰。」

「伯什麼東西沒過來幫忙？」他不屑地問。

我垂下雙眼。「沒有。我們結束了。」

他沉下臉。「很遺憾。我知道妳喜歡那個伯什麼東西。」

是嗎？我是喜歡過他，但事實上，每次他說他愛我，總會害我全身起雞皮疙瘩。那不是一個人對另一半應該有的感覺。伯克近乎完美，但我永遠不會徹底愛上他——我一直覺得與他的愛情是暫時的。我相信他會讓另一個女人非常幸福，但那個人不會是我。

「我沒事。」我終於說：「我現在有更棘手的問題。」

恩佐跟著我走進公寓，和我一起坐在我那破破爛爛的坐墊上。從前我們住在一起時，我們的沙發只比這張坐墊好一點。然而，他離開後沒有人和我分攤一半的租金，我只好放棄那間公寓，並且在想不出怎麼搬運沙發的狀況下，我只好也放棄了沙發。但現在我試著不去想那些事。沒必要在恩佐想幫我忙時抱怨一堆，惹他生氣。

「警方說了一堆不可思議的事。」我告訴他：「溫蒂告訴他們，說我和道格拉斯有染。這沒道理，但他們扭曲了所有發生過的事，讓我看起來像是專程到那裡和他上床。」

恩佐慢慢點頭。「我說過的，他們很危險。」

「你說的是道格拉斯．蓋瑞克很危險。」

「一樣的。」

「不一樣。」我說：「事實上，我剛才看新聞才意識到一件事。雇用我、自稱道格拉斯．蓋瑞克的男人，和新聞上的不是同一個人。他完全是另一個人。」

這下子，恩佐拿我當瘋子看了。

「我知道這聽起來像在胡說八道。」我承認。「我聽到自己說出這些話，也……反正就像我說的，我知道這很詭異。但我確定在頂樓豪華公寓裡的，是另一個男人。」

我愈想，就愈確定自己的感覺。但如果那男人不是道格拉斯，那他是誰？而當這傢伙在公寓裡的時候，真的道格拉斯又在哪裡？

被我槍殺的，究竟是誰？

「我來告訴妳一件有趣的事。」恩佐慢慢說：「在妳說起蓋瑞克夫婦之後，我去查了這兩個人。妳知道嗎？曼哈頓那間頂樓公寓不是他們的主要住宅。」

「**什麼？**」

「沒錯，是眞的。那間公寓只是他們的第二住宅。他們的主要住宅是長島上的一棟房子。嗯，他們所謂的房子可能更像別墅。」

這開始有些道理了。如果眞的道格拉斯・蓋瑞克住在長島，這表示另外兩個人可以輕易地讓人以爲蓋瑞克夫婦住在曼哈頓的公寓裡。而眞的道格拉斯・蓋瑞克絕對不可能知道。

「這麼說，」我說：「你相信我？」

恩佐像是受了侮辱。「我當然相信妳！」

「可是有件事你必須知道。」我把汗濕的雙手在牛仔褲上抹乾。「道格拉斯被殺的那晚，我看到……呃，我**以爲**我看到他想勒死溫蒂。我在公寓裡看到**某個人**想勒死她，而且不願意放手。所以我拿出他們的槍，然後……對他開槍。好讓他鬆手。」

我一向不愛哭，但今天我第二次管不住潰堤的淚水。恩佐伸手擁抱我，我靠在他肩膀上哭得一塌胡塗。他抱著我好久好久，讓我哭個過癮。當我終於抽身時，他T恤的左肩已經濕了一大塊。

「對不起，我毀了你的T恤。」我說。

他揮揮手。「一點眼淚和鼻涕而已，小事。」

我垂下雙眼。「我眞的不知道該怎麼辦。警方認爲我殺了道格拉斯．蓋瑞克，即使我知道我沒有，但那天晚上我還是殺了**某個人**。因爲我，某個人才會送命。」

「這一點還不確定。」

「當然確定！」

「妳**以爲**妳殺了某個人。」他指出來：「但妳開了槍就回家。妳有沒有去檢查，去確認他是不是眞的死了？眞的沒了呼吸？沒了脈搏？」

「我……溫蒂說他沒有脈搏。」

「然後我們能相信溫蒂？」

我眨著眼。「我看到**血**，恩佐。」

「眞的是血嗎？血很容易造假。」

我皺起眉頭，回想昨晚的事。一切發生得太快。手槍擊發，道格拉斯倒地，接下來，他身下滲出一大灘鮮血。但我沒過去檢查他是否還在呼吸。我又不是醫護人員。在我開槍之後，我只想以最快的速度離開那間豪華公寓。

有沒有可能這一切都是假的？如果是這樣……

「她要我。」我喘了一口氣。「她從頭到尾都在騙我。」

這幾個月，我一直爲她難過，還試著保護她。而在這段期間，她卻到處講給願意聽的人說我和她丈夫有染——上次我在路上碰到安珀．迪高，安珀提到道格拉斯．蓋瑞克便對我露出奇怪的笑容，肯定是爲了這個原因。難怪門房一直對我眨眼！而且根本沒人知道我從來不曾與道格拉斯獨處，因爲他是從後門出入，而後門口沒有門房，也沒有錄影機。

不，不是道格拉斯。我甚至**連見都沒見過**道格拉斯．蓋瑞克。我完全不知道另一個男人是誰。

「溫蒂的房子在哪裡？」我問他。「我必須找她談談。」

「妳覺得妳去得了？」他搖頭，說：「她家有上百萬個記者包圍著，而且她肯定不會和妳談。妳去只是給自己添麻煩。」

我知道他說得對，但我仍然無比沮喪。在她對我做了那些事之後，我只想看著她的眼睛問一句爲什麼。但恩佐是對的。開車到長島得不到好處。

「這個自稱道格拉斯．蓋瑞克的男人……」恩佐揉著下巴。「妳曉不曉得我們怎麼樣可以找到他？比起溫蒂．蓋瑞克，這個男人可能更容易接近。」

「不知道。」我挫敗地握起拳頭。「我只知道他不叫道格拉斯．蓋瑞克。我完全不知道他眞正是什麼人。」

「妳有沒有他的照片？」

「沒有。」

「用心想，米莉。一定有什麼線索的。比方說，他有沒有什麼特別的地方？」

「沒有，他就是一個普通中年白種男人。」

「一定有什麼……」

我閉上眼睛，努力想喚起自稱道格拉斯・蓋瑞克這個男人的影像。他的確沒有特別的地方，不過，這也許是溫蒂挑選他的理由。他看起來足夠像眞的道格拉斯・蓋瑞克。

但恩佐是對的，一定有什麼……

「等一下，」我說：「的確有線索！」

恩佐揚起眉毛。「妳說。」

「有一次，我看他走進一棟大樓。」我回憶著。「他和另一個女人。一個金髮女人。我以爲那個女人是他的情婦，說不定他眞的有外遇。但是……那是一棟住宅大樓。或許他就是和那個女人住在那裡……」

「這個好。」恩佐折手折得關節劈啪響。「我們去那裡，不是找到他就是找到那個女人。然後我們可以問出眞相。」

打從拉米瑞茲警探帶我進警局偵訊到現在，我第一次升起了希望。也許這次我有機會毫髮無傷地從這件事脫身。

61

恩佐幫忙我整理公寓，因爲在警方搜索過後，這地方就像是被颶風掃過一樣。幸好這裡只隔成兩個空間，所以亂歸亂，整理也花不了多少時間。讓我最感激的是恩佐的陪伴。如果我得自己打掃，未免太讓人沮喪。

「謝謝你幫忙。」我告訴恩佐，這大概是我第一百次向他道謝了，我們動手將四散在整個房間的衣服收回衣櫃抽屜裡。

「沒問題。」他說。

我把一件襯衫丟進洗衣籃時，注意到籃子不像昨天那麼滿。我翻了一下，注意到有些衣服不見了。

他們帶走了我昨晚穿的衣服。

我啃著拇指甲，試著回想昨晚上床前脫下的襯衫和牛仔褲。那些衣服上沒有任何血跡，我敢確定。

至少我相當確定。但萬一上面檢驗出什麼微小顆粒呢？好像有可能。不過，要是恩佐的理論正確，我在頂樓公寓裡時根本就沒有人流血。但我也不敢百分之百**確定**。

恩佐忙著把衣服塞進一個抽屜。我雖然感激他在場，但又有那麼一些希望他離開，好讓我一個人慌張到底。

我清清喉嚨。「如果你得走了，我沒關係喔。」我告訴他。

「沒有，這很好玩。」他撿起一件掉在地板上的粉紅色蕾絲內褲。「這件很漂亮。新的嗎？」

我從他的手上把內褲扯下來。嗯，至少他能讓我分心。「我不記得了。」

「我懂伯什麼東西爲什麼這麼喜歡妳穿這些漂亮的小內褲。」

我瞪他一眼。「恩佐……」

「對不起。」他低下頭，說：「我只是——我不懂那傢伙。」

我們整理了一個多小時，這期間他完全沒提到伯克。我猜，他這會兒提起，我也不該驚訝才對。「懂他什麼？」

「他看起來不像是妳會喜歡的人。」

「對，嗯……」我砰一聲倒到床上，手上還抱著一件折起來的厚T恤。「他是好人。我是說，他人很好，而且是個成功的律師。沒什麼好不喜歡的。」

恩佐在我身邊坐下。「如果他是好人，他現在人在哪裡？」

這個說法不公平，但恩佐不了解完整的狀況。「我瞞著他一些我從前的事。他很受傷。他說，他覺得好像不知道我是誰了。他有那種感覺是可以理解的。」

「妳是誰，不是由妳在十幾歲時做的事來定義。」他的黑眼睛專注地看進我的眼底。「妳是誰這件事很清楚。如果他花了時間和妳在一起，卻還看不出來，那麼他沒錯——他不配和妳在一起。」

恩佐和我的關係並不完美，但是我從來不懷疑他了解我。有時候，他好像比我自己更懂我。而且我知道，如果我有麻煩，他會不計一切幫助我。

「有時候我覺得……」我咬著下唇。「我們從來沒有眞正的心意相通過。這可能是我的錯，因爲我有些事沒讓他知道。不過，反正我們已經結束了。」

「妳確定嗎？」

我記得伯克走出偵訊室時看我的眼光。「對，我確定。」

「那麼，」他說：「如果我吻妳，他應該不會對著我的鼻子揮拳？」

「不會，但是**我**可能會。」

他的嘴角揚起微笑。「我願意冒險試試。」

他俯身親吻我，我覺得自己等這個吻彷彿等了兩年。我終於明白，對於搬去和伯克同住或坦白說出我的祕密，我爲什麼會那麼猶豫。那是因爲我對他從來沒有這種感覺。而且差得遠咧。

而恩佐是對的。我沒有對著他的鼻子揮拳。

62

我們從早上六點就來到那棟赤褐色砂石樓房的前面了。

硬要自己這麼早爬起來很難，尤其是昨晚恩佐和我都很晚睡，這意思應該夠清楚吧。更何況前天晚上我睡得並不安穩。但恩佐很固執，堅持我們應該要一早就到，以免錯過來來去去的任何一個人。

我們穿著恩佐所謂的「僞裝」。他講到這個的時候，我想像的是墨鏡和假鬍子，但其實我們只有戴棒球帽和太陽眼鏡。恩佐戴的是洋基隊的棒球帽，然後給我的是另一頂印著「我愛紐約」的帽子，上面的「愛」字是以大大的紅色愛心取代。我看起來像個怪異的觀光客。對在布魯克林土生土長的人來說，這是奇恥大辱。

「觀光客是最好的僞裝。」恩佐告訴我。

也許他是對的，可是我很討厭這種打扮。話雖如此，我仍然願意不計一切弄清楚這裡頭到底發生了什麼狗屁倒灶的事。而且絕對要在我再次入監服刑以前搞清楚。

我們不能一整個早上都待在同一個地方，所以我們四處走，但仍繼續緊盯著大樓的入口。如果這裡和蓋瑞克夫婦住的大樓一樣有後門，我們就沒戲唱了。但我們看到很多住戶來來去去，所以我充滿希望，認為這是唯一的出入口。

現在是早上八點鐘。我們在這裡待了兩小時，仍然沒看到那個神祕男人——前提是，真的像恩佐說的，我沒殺了他——或金髮女人。大概十分鐘前，恩佐宣布他餓了，於是他走進對街的鄧肯甜甜圈店，帶了兩杯咖啡和一個棕色紙袋回來。

「拿著。」他指示我。

我感激地接下咖啡。「紙袋裡是什麼東西？」

「幾個貝果。」

「噁。」想到食物，胃就一陣翻攪。我都不知道我何苦多問這句。「我跳過。」

「妳總得要吃點東西。」

「現在不要。」我透過太陽眼鏡看向赤褐色砂石樓房。「在等到他之前不吃。」

我很擔心，不想讓目光離開大樓。我可能會錯過他們，然後再也找不到那個神祕男人。我怕警方今天會逮捕我，雖然恩佐會繼續幫我，但是他不知道那男人長什麼樣子。唯一能找到他的人只有我。

「嗯，」恩佐說：「昨晚……很好，對吧？」

我喝了一大口咖啡。「我現在沒辦法把注意力放在別的事情上，恩佐。」

「哦。」他低頭看自己那杯咖啡。「對，我知道。」

「但是，對，是很好。」

他一側嘴角上揚。「我不在這裡的時候，一直都好想妳，米莉。我真的很抱歉。我現在還是不後悔回義大利老家陪我媽，但我不想在我生命中最重要的兩個人之間做選擇。那時候，我很想要妳等我，卻又說不出口。」

我低下頭。「我**應該**要等的。」

恩佐想再說些什麼，但還沒說出口，我就抓住他的手臂。「是她！那個女人！」

恩佐瞇著眼睛，透過太陽眼鏡看向對街，金髮女人從赤褐色砂石樓房走出來，穿著及膝裙和一件西裝外套。「妳確定？」

「相當確定。」我認出她的臉和髮色，但她的髮型不同了。這個女人有可能不是她。但我沒看到任何長得更像的人。「現在怎麼辦？」

女人調整皮包背帶的長度，然後走過馬路。我正準備跟上，沒想到她走進恩佐剛剛才走出來的那家鄧肯甜甜圈。根據排隊的人數來看，她至少會在店裡待十分鐘。

恩佐折著手指。「我去找她談談。」

「你？你要說什麼？」

「我會想出話題的。」

「所以你覺得只要走進鄧肯甜甜圈找她說話，她就會把一切告訴你？」

他一手貼在胸口。「對！我非常迷人！」我翻個白眼。

「看著吧，米莉。」他捏捏我的手，把裝貝果的紙袋給我。「我會查明一切。」

63

恩佐在鄧肯甜甜圈裡待了像是有一輩子那麼久。

他要我留在對面，但才過了十分鐘，我就焦躁不已。他們在店裡做什麼？我眞希望自己剛才和他一起進去。我不認爲我一起進去會妨礙他施展魅力。好吧，也許會。但既然在危急關頭的是我，我當然想知道發生了什麼事。

最後我過馬路走到甜甜圈店前面，我輕鬆地從玻璃櫥窗看進店裡。我一開始完全沒看到他們，但很快就發現了。他們在店的另外一頭，站在大家等著領餐點的地方。他倆聊得很起勁。恩佐的黑色眼眸似乎完全聚焦在那女人身上。

有那麼一會兒，我感覺到一陣不安。我一向相信恩佐，但有時候，我不完全確定他眞的可靠。畢竟，他之所以離開義大利，是因爲他把某個男人打個半死。他的理由充分——至少根據他自己的說法，但事實就是事實。接著他再次回國，聲稱追殺他的男人比預期中早死，但他對此也沒有多做解釋。

他說他母親病了，中風。但這全都是他的一面之詞，我也只能照單全收。我從來沒見過他口中那位生病的母親。

然後他回到美國，他不像一**般人**那樣打電話給我，而是藉口保護我，四處跟著我，一跟就是跟了三個月。我把蓋瑞克家的所有細節都告訴了他。我自己沒看出來，反倒是他領悟力高，猜出是溫蒂設局坑我。可是，他爲什麼不早說？

還有，我的天，他們究竟在裡面講什麼講那麼久？

現在我再拉近點距離，能看出金髮女人的雙眼浮腫，好像哭過。但接著恩佐不知說了什麼，逗得她露出笑容，她的臉色因而稍微明亮起來。我必須說，這一幕看來沒什麼嫌疑。如果恩佐想要，他**可以**非常迷人。在口音和長相雙雙加持下，他非常擅長和女人聊天。

又過了感覺像是十分鐘之久的時間，恩佐和金髮女人才走出鄧肯甜甜圈。他揮手對她說：「**再見，貝拉！**」這句話讓她羞紅了臉。

他看到我站在甜甜圈店的前面，不滿地看了我一眼。「我說過要妳留在對面，對吧？」

我環抱起雙手。「你們在裡面待太久。」

「對，而且現在我什麼都知道了。」他歪著頭。「想要我告訴妳嗎？」

我看著恩佐深色的眼睛。這個人不總是照章行事。他和我一樣，在人生中都幹過壞事，但全都有正當理由。我親眼看過他冒著生命危險拯救陷入險境的女人。如果世上有人可以讓我信任，那麼非他莫屬。我不該懷疑他，連一秒鐘都不該。「要。告訴我吧。」

那名金髮女人正要鑽進街尾的地鐵站入口，恩佐朝那方向瞥了瞥。「那個女人是道格拉斯・蓋瑞克的助理，而妳在找的那個男人是她的丈夫。」

我瞪著他。「眞的假的？你確定？」

「我們馬上就可以知道了。」他掏出口袋裡的手機，在螢幕上輸入不知什麼資料，然後滑了一下，接著把手機遞給我。「這是他嗎？」

螢幕上的照片是LinkedIn帳戶的大頭貼，我立刻認出這個人。這就是昨晚要勒死溫蒂的男人，也是被我朝胸口開了一槍的那個男人。「是他。」我倒抽一口氣。

我讀出LinkedIn個人資料上的名字：羅素・西門茲。

「至於今天早上……」恩佐抽走我拿在手上的手機。「他還活著。」

他還活著。我果然沒有殺死任何人。然而，我既然沒殺人卻還是被警方當作嫌犯，這個事實抵銷掉我鬆了一口氣的感覺。

「但是他今天早上……嗯，他太太說是出差去了。她說這個男人很忙，一向工作到很晚。」

說不定那天在街上，他們就是因此爭吵。要不然，就是因爲她懷疑他在外面有女人。

溫蒂。

「所以現在要怎麼辦？」我說：「我們要等到他從他所謂的出差行程回來嗎？」

「不。」恩佐說：「我們現在去挖出羅素．西門茲的底細。」

「怎麼挖？」

「我認識一個傢伙。」

當然是這樣。

64

結果我們回到恩佐的公寓。

這裡和我的住處只差十條街，我想，如果他扮演神祕保鏢的角色，這位置也還算合理。他的公寓甚至比我的還小，至多只能算是套房，同一個空間既是廚房、臥室、起居室，也是餐廳。幸好浴室是獨立的。這裡和蓋瑞克家的頂樓公寓，甚至伯克寬敞的兩房公寓眞的是天差地遠。

我們進到公寓，恩佐把鑰匙丟在門邊的小桌上，然後走到廚房角落打開水龍頭，把水潑在臉上。我懷疑他是不是和我一樣累。我現在感覺既累又激動。我昨晚沒睡飽，但對於警察要來逮捕我的焦慮又讓我心臟一路猛跳。

「妳坐下。」他告訴我。「妳要啤酒嗎？」

「現在還不到早上十一點。」

「這是個漫長的早晨。」

這倒是眞的。

但我還是決定不喝啤酒。我重重坐在一個看似路邊撿來的坐墊上，這東西甚至比我的還舊。事實上，他大部分的家具看起來應該在不久前都還是垃圾。

「你做什麼工作？」我問。他離開前有個體面的工作，但他們未必會爲他保留。

「我在一家景觀公司工作。」他抬抬肩膀。「還可以，夠付帳單。」

我低頭看他稍早放在咖啡桌上的手機。「你認識的那『傢伙』會找出些什麼？」

「我不確定，也許是羅素的服刑紀錄。反正是我們可以交給警察的東西，好讓他們去公寓裡找他的指紋。我相信他們已經在頂樓公寓裡找到了別的指紋，所以，如果兩者相符就會有幫助，至少可以減輕妳的嫌疑。」

「如果這樣還不夠呢？」

「我相信我們會找出一些東西的。」

「如果沒有呢？」

「相信我。」恩佐說：「一定有辦法。妳不會爲了沒做的事入獄。」

恩佐的手機好像接到暗示般開始響。他拿起電話，從坐墊上跳起來，到廚房角落接聽。我伸長脖子觀察他的表情，但他沒有流露太多情緒。他的回應也是，我頂多只聽到一些「嗯哼」和「好」。講電話中途，他一度拿起筆在紙巾上草草寫了幾個字。

「謝了。」他向電話線另一端的人道謝，然後把手機放在流理台上。

有那麼一下子，他就只是站在原地低頭看紙巾。「怎麼樣？」我終於說。

「沒有入獄紀錄。」他說：「他的紀錄是乾淨的。」

我一顆心往下沉。「好……」

「我拿到他第二住宅的地址。」他說：「在城北一個湖邊，開車大概兩、三個小時。也許……說不定他在那裡。」

我從坐墊上跳起來，抓起我的皮包。「那我們過去！」

「然後做什麼？」

我走到他站的廚房角落，低頭看抄在紙巾上的地址。我隱約知道這個地點。谷歌地圖可以帶我去。「從他嘴裡問出眞相。」

「我們**知道**眞相。」他抽走紙巾，拿到我構不到的地方。「重點是，我們必須讓警察知道。」

「所以，你的建議是什麼？」

「我不確定。」他用手掌揉眼睛。「別擔心，我們會想出答案。我只是得想一想。」

好極了。他在這裡慢慢思考時，警察正忙著立案起訴我。「我覺得我們應該過去。」

「可是我覺得那會把事情搞得更糟。」

我不知道該怎麼想，但此時此刻我心癢得很，很想**做**點事。因爲警察現在可不會坐在廚房角落沉思。

我還來不及嘗試去說服恩佐，放在皮包裡的手機就響了。我拿出手機，看到螢幕上的名字時，我一口氣差點喘不過來。

「是伯克。」我說。

65

恩佐一雙黑眸變得更幽深了。聽到我前男友打電話找我，他自然不會開心。但他不是愛吃醋的人，絕對不會叫我不要接電話。況且就算他想阻止，我也不會聽。

「等我一下。」我告訴恩佐。

他點頭。「妳去做該做的事。」

我知道他不會反對。嗯，他看起來確實不高興，但至少他沒有抗議。

「你好？」我對著手機說。

「米莉？」伯克的聲音聽起來很生疏，好像我們只是認識不久的兩個人。我們明明昨天才分手，但現在想到我們曾經約會，就已經覺得很奇怪了。「嗨……」

「嗨。」我生硬地說。

我想不出他要做什麼；可以確定的是，他不想復合。他可能還會感謝他的守護天使，讓我沒搬去一起住。**不客氣啊，伯克**。

「是這樣的，」他說：「我……我想爲昨天把妳一個人丟在警察局的行爲道歉。」

「哦？」

他嘆口氣。「我太沮喪，但我的表現太不專業。不管妳做錯什麼，妳要我過去是擔任妳的律師，爲這點我應該跟妳道歉。」

「謝謝你。你的道歉我收下。」

「我打電話是因爲，」他停了一下，說：「我今天早上和警探又談了一下，我覺得我虧欠妳，所以想提醒妳，他們從妳洗衣籃裡帶走幾件衣服送檢。」

我把手機抓得更緊了。「檢測血液反應嗎？」

「不是，檢測槍擊殘跡。結果是陽性。」

我張大了嘴。我以爲他們只是想檢測我衣服上的血跡反應，沒想到他們還會找別的證據。「喔……」

「我覺得他們在等檢測報告送回來，然後這案子他們就能穩操勝算了。」他說：「我猜他們現在正在申請逮捕令。」

我愣住了，雙膝不住打顫。「喔……」

「很抱歉，米莉。我只想提醒妳要小心。這是我欠妳的。」

「是……」

「還有……」他對著電話咳了一聲。「祝妳好運，妳知道的，希望妳一切順利。」

我轉身背對恩佐，免得他看到我的眼眶裡全是淚。「謝了。」

不勞你費心了。多虧你在我處於人生困境時拋棄我。

伯克掛斷電話，剩下我拿著貼在耳邊的手機，掙扎著不讓淚水流下來。我徹底完蛋了。溫蒂一手設計我，讓我背負謀殺案的罪責，而我甚至從來沒見過那個遭到謀殺的男人。

「米莉，」恩佐的大手搭在我的肩膀上。「出了什麼事？他說什麼？」

我先擦乾眼淚才轉身。「他說警方從我洗衣籃裡拿走的衣服上採到槍擊殘跡。」

恩佐點點頭。「發射空包彈，衣服上也是會有槍擊殘跡。」

我把頭埋在雙掌上。「伯克說他們可能已經拿到我的逮捕令，或是馬上會拿到。我該怎麼辦？」

「我不會放棄。」他抓住我的肩膀。「妳聽懂我的話嗎？無論發生什麼事，我都不會放棄。我會讓妳獲釋。」

我相信他是認真的。但我不相信他有辦法讓我脫離這團混亂。如果警方逮捕我，一切就結束了。他們不會繼續找真正的謀殺犯。一切罪名都會落在我頭上，而且他們的論據很有力。我的衣服上有槍擊殘跡、兇器上有我的指紋、門房可以證實，在謀殺案發生的大約時間點，我人在大樓裡。

我的麻煩大了。

「我要去那棟湖邊小屋。」我瞥向寫在紙巾上的地址。「我要找出那個混蛋。我必須查明眞相。」

「這麼做沒好處。」

「我不在乎。」我怒聲說：「我要親眼看到他，要直視他的雙眼，問他爲什麼要對我做這種事。如果溫蒂也在，我想要……」

我看著恩佐的眼睛。他瞬間睜大了眼，接著跑到廚房角落，早我一步抓起寫了地址的紙巾，把紙巾捏在拳頭裡拿到水槽沖水，直到墨漬暈開。

「不。」他堅定地說：「我不會讓妳做傻事。」

「太遲了。」我說：「地址我已經背下來了。」

「米莉！」他的聲音尖銳，雙眼圓睜。「不要去那棟小屋。妳現在沒辦法好好思考。妳沒做錯事，所以除非妳讓警方找到理由送妳進去，否則妳不會坐牢！」

「你錯了。」我抬起下巴。「無論如何我都會坐牢。不如我自己先出手。」

「米莉。」他用大手抓住我的手腕。「我不會讓妳做傻事。答應我妳不會去小屋。」

我抬頭瞪著他。

「答應我。除非妳答應，否則我不會讓妳離開這裡。」

他握著我的力道正好，不會傷到我，但我也掙不開。他那麼努力地不想讓我危及自己的人生。眞貼心。伯克老是把愛掛在嘴上，但恩佐是眞心愛我。而且我相信就算我眞的被捕，他仍會盡一切力量救我出來。他會不惜一切揭露眞相。

「好，」我說：「我不去。」

「妳保證不去？」

「我保證。」

他放開我的手腕，往後退開一步，露出難過的表情。「而我保證，我會讓一切水落石出。」

我點頭。我伸手去拿剛剛丟在坐墊上的皮包。「我要回公寓去面對現實。」

「妳想要我陪妳回去嗎？」

「不必。」我把皮包甩到肩膀上。「我不想讓你看到他們給我扣上手銬的樣子。」

恩佐向我伸出手。他給我最後一個吻。就算我眞要坐牢好幾年，這一吻也幾乎能讓我撐過去了。沒有人能像這個男人這樣親吻。伯克當然辦不到。

「我答應妳。」他在我耳邊低語。「我不會讓妳回去坐牢。」

我微微顫抖地抽身。「我現在要回家了。」

他捏捏我的手。「我會幫妳找到好律師。我會想辦法付錢。」

看著他的小公寓裡滿是從垃圾堆撿來的家具，我咬住舌頭，不讓自己說出任何尖酸刻薄的評語。「我會想你。」

「我也會想妳。」他說。

「還有……我愛你。」

對伯克說這句話，我總覺得哪裡不對。但我現在感覺很對，而且我不能不把這句話告訴他就離開。

「我也愛妳，米莉。」他說：「好愛妳。」

我確實愛他。我一直愛著他。所以我才痛恨對他說謊。

但是我不能讓他知道，我把他的車鑰匙藏到我的皮包了。

不過，他很快就會知道了。

第四部

意想不到的他／她

Part Ⅳ

GUESS WHO'S COMING？

66 溫蒂

羅素和我開了一瓶香檳慶祝。

即使這有點冒險，但他還是開車載我到他的湖邊小屋，遠離一大群駐守在頂樓公寓樓下和長島房子前面的記者。嚴格來說，這是瑪麗貝絲的小屋，等他跟她分手之後，這地方會回到她手上。這沒問題，因爲我現在有錢到遠勝過我最瘋狂的美夢，有錢到超乎人類能理解的範圍。我根本不需要這棟不起眼的兩房小屋。

儘管小屋的特大浴缸配備了水療套組，眞是舒服得不得了，簡直可比按摩池。開車來小屋的途中，我們一直注意看後視鏡，確定沒有記者跟上來。車程的最後一段路沒遇見什麼人車，所以如果眞有人跟蹤，我們很容易看到。羅素告訴瑪麗貝絲說他要出差，去找家具之類的。我不在乎他怎麼告訴她。她反正已經不重要了。

「我好快樂。」我喃喃地說：「好久沒這麼開心了。」

羅素露出微笑，但他的表情有些緊繃。他沒有隱瞞他不想殺掉道格拉斯的事實。到現在，我還沒法接受他昨晚自己躲在廚房裡，要我去動手。他很幸運，也虧他夠帥，要不昨晚那一段讓我有點看不起他了。他應該感激我，而不是把我當某種**怪物**看待，這男人眞是夠了。

嗯，如果他不高興，大可回到他潑婦老婆身邊，我會再找個人和我一起享受我的好幾千萬財產。

我把最後一點香檳倒進羅素的杯子。「這瓶香檳眞好喝，你哪裡買的？」

「是瑪麗貝絲喜歡的。」最近，他提起老婆的次數好像變多了，而且沒有從前那麼厭惡。這不是好現象。

「還有嗎？」我問道。

「香檳大概沒有了。但是廚房裡可能還有一些葡萄酒。」

我氣羅素沒有主動說要去拿酒。男人都一樣——剛開始忙著張羅女人想要的一切，到後來又把女人看作理所當然的存在。不主動替女人拿酒的男人算什麼紳士？

但是我好想喝酒，加上我們剛才喝的香檳本來就只有半瓶，所以我拿起大毛巾圍住赤裸的身體，離開浴室走進起居室，雙腳在拼木地板上留下一串濕腳印。大雨打在門廊上，從屋頂往下傾注。這樣其實挺好的，因爲萬一有人想跟蹤我們，現在也找不到可追蹤的輪胎印了。

我走進廚房，果然沒錯，流理台上有一瓶酒。這瓶黑皮諾紅酒七分滿，看起來是廉價貨，但聊勝於無。我抓起酒瓶走回浴室，但突然停下腳步。

這屋子，竟有扇窗戶大大敞開著。

67

我們來的時候，那扇窗是開著的嗎？

我記得是關上的。

話說回來，就安心好好慶祝吧，因爲拉米瑞茲警探告訴我他準備逮捕米莉．卡洛威了，這點太値得慶祝啦。我們成功了，我們順利脫身了。

可是，我們進來時，窗戶是開是關？我眞的不記得。也很有可能是開著。

而且，是因爲現在下雨，我才會注意到窗戶。雨水打進屋裡，把窗戶下方的拼木地板弄濕了。那扇窗應該要關起來。

我把酒瓶放在沙發旁邊的茶几上，走到窗邊。冰冷的雨滴打在我的臉上，灑在我裸露的手臂上。在一陣忙亂後，我終於成功關上窗戶。

好了。

我抓起酒瓶回到浴室，羅素還在浴缸裡，濕濕的深色頭髮貼在頭上。一開始，我以爲他的臉是因爲洗澡水才濕漉漉的，但隨即我意識到發生了什麼事。

「你在哭嗎？」我脫口問出來。

羅素難爲情地擦擦眼睛。「我只是……我沒法相信我們殺了他。我從來沒做過這種事。」

我不懂羅素爲什麼要哭。**我**才是殺了道格拉斯的人。而我一點也不抱歉。對我來說，道格拉斯就是該死。

「振作起來。」我厲聲說：「事到如今已經沒辦法挽回。反正他是個可怕的人。他虐待我。」

「因爲妳欺騙他。」

憑這點就能害我一貧如洗嗎？對於我不孕這件事，羅素並不知道我是怎麼欺騙道格拉斯的。也許最好別告訴他，那會讓他更難過。

「聽著……」我拉掉大毛巾，讓毛巾掉在地上。接著我把紫紅色的葡萄酒倒到他的杯子裡，同時也爲自己倒了一杯。「你何不讓我幫你忘了這件事？」

我爬進浴缸，把自己泡進在熱水中，這時道格拉斯大口喝乾葡萄酒，唇邊還留下紅色的酒漬。我覺得他這點子不錯，於是我也跟著一口喝光我的酒。反正這酒便宜得很，不值得細細品嚐。繼續喝了一、兩杯之後，我們兩人都覺得好多了。

68

我是正確的。

兩杯紅酒下肚後，羅素不哭了。而我也享受到舒服的微醺。這麼久以來，事情終於完全依照我想要的方式展開。經歷了苦苦煎熬的六個月之後，我需要贏一回合，而今天可說是巨大的勝利。道格拉斯死了，我會繼承一筆龐大的遺產，然後由米莉爲大家擔下責任。她的服務我相當滿意。

「我可以永遠留在這個浴缸裡。」我嘆口氣往後靠，光裸的皮膚滑過羅素的皮膚。「這裡眞好，不是嗎？」

「嗯。」他說：「只不過我有點睏。我可能醉了。」

我沒喝醉，但我的確覺得有點輕飄飄的。這感覺很好。在浴缸裡很平靜，唯一的例外，是遠處傳來的音樂聲。

「溫蒂，」羅素說：「是不是妳的手機響了？」

他說得對。

一定是喬·班戴克。我要他打電話跟我談談道格拉斯的鉅額資產。我有些得意，因爲喬從來沒喜歡過我，但現在呢，道格拉斯的所有資產以及他的公司全都歸我，所以我等於是喬的老闆。除了巴結我，他別無選擇。有錢就是任性，我要好好享受。

這次我伸手拿浴袍。我穿上浴袍快步走進起居室，稍早，我把手機放在咖啡桌上。果然沒錯，螢幕顯示喬．班戴克的名字。我在電話進語音信箱前及時接聽。

「你好，喬。」我說。

「嗨，溫蒂。」

他聽來非常難過，我小小高興了一下。獲勝的感覺眞好。

「你應該在下午打電話給我的。」我提醒他：「現在都快十點了。」

「抱歉。」他的聲音有點尖酸。「我最好的朋友剛被謀殺。我現在還沒能夠百分之百正常運作。」

「嗯，這眞的很麻煩。」我嚴厲地說，一邊走進廚房。我看著窗外——雨下得眞大。「你是道格拉斯資產的執行人，如果你不能做好分內的工作，也許別人可以取代你。」

「不。道格想要**我**來做這件事。這是……我唯一能做的就是執行他的遺願。」

「很好。」如果他想搞鬼，我保證會讓他離開公司。事實上，或許我怎麼樣都應該開除他。我不信任他，那程度就和對最後階段的道格拉斯一樣。「所以他的資產什麼時候會轉到我名下？我必須支付我的帳單。」

道格拉斯死了，不代表我不必付貸款。我現在連一張可用的信用卡都沒有，因爲他停了我所有的卡。光是頂樓豪華公寓的貸款就高達六位數，所以我需要現金，而且要快。

「妳想要把道格的資產轉到妳名下？」喬問道。

「對。」我掄起指頭敲流理台。「事情就是這樣運作的，不是嗎？」

「不完全是……」喬安靜了一會兒。「溫蒂，妳知不知道道格上個月修改了遺囑？」

什麼？「不知道。你在說什麼？」

「他修改了遺囑。把所有資產留給慈善機構。」

一陣暈眩襲來。

我們結婚沒幾個月，道格拉斯就立了遺囑，說要把一切留給我。當時，是我陪他一起去見律師，確認他眞的那麼做了，因爲道格拉斯眞的是很愛拖延。我甚至沒想到他可能會在我們分居後這麼短的時間內修改遺囑。他不可能那麼做。

除非……

「你說謊。」我惡聲說。「你編這番話只是爲了讓我拿不到他的錢。」

「這個想法很誘人。但是，沒有，我沒騙妳。我眼前有一份他拿去公證過的遺囑。」

「可是……」我氣急敗壞地說：「他怎麼能做這種事？」

「嗯，道格給我這份遺囑時，他提到妳是個說謊成性、善於操弄的賤人，他不想讓妳得到他的任何一分錢。」

我的心臟好像停了好幾拍，在那一瞬間，我的視覺忽明忽暗。這怎麼可能？道格拉斯提過要把錢全捐給慈善機構，但是我無法想像他已經著手進行。

「這太過分了。」我嚷嚷：「他不能把我排除在遺囑之外！我是他的妻子，老天爺！我會爭取的，而且相信我，我一定會贏。」

「好。隨妳怎麼說都好，溫蒂。但與此同時，我要請妳清空頂樓公寓和長島的房子，因為我們要出售這兩項產業。」

「你去死吧！」我嘶聲說。

我按下手機的紅色按鍵切斷電話，但我雙手止不住發抖。我必須堅持主張到底，道格拉斯不能就這麼簽下一份啥都不留給我的文件。沒錯，就是這樣。我可以爭取。何況道格拉斯死了，他沒法反擊。無論如何，我一定要拿到我應得的財產。

雖然有可能拿不到我想像中的所有資產，但沒關係。

我瞪著電話看，思考下一步該怎麼做。這時握在手中的手機又響了。看到螢幕上的來電顯示，我倒抽了一口氣：

紐約警察局。

69

一定是拉米瑞茲警探。

他幾小時前打過電話給我，告知我他們要逮捕米莉，當時我還在城裡。我希望這通是打來做後續說明，讓我知道她好好地被關了起來。

希望這通電話不像剛才那通那麼讓人沮喪。

「你好。」我對手機說，試著讓自己聽起來像個心痛欲絕的寡婦。我在大學修的表演課發揮了功效。尤其我在米莉面前的演出，值得拿一座金像獎。

「蓋瑞克太太？」是拉米瑞茲的聲音。「我是拉米瑞茲警探。」

「你好，警探。我希望你已經把殺害我丈夫的女人關起來了！」

「事實上……」喔天哪，現在是怎麼了？「我們一直沒找到威廉米娜・卡洛威。我們帶著逮捕令到她的公寓，但是她不在。」

「那麼她在哪裡？」

「如果我們知道就會逮捕她了，對吧？」

我再次感覺心臟漏跳一拍。「你們要怎麼找出那個女人？她很危險，你知道的。」

「別擔心。我們終究會找到她的。我保證。」

「很好。很高興知道你們掌握了狀況。」

「我們有另一件事必須找妳談，蓋瑞克太太。」

又怎麼了？我瞥向浴室。羅素知道我出來了，眞不知道他爲什麼還在裡面。他會泡到皮都皺掉。「請說，警探。」

「是這樣的。」拉米瑞茲清了清喉嚨。「你們那處頂樓公寓的經理前兩天不在城裡。原來他遠在歐洲，因此我們找不到他。總之，我今天下午終於和他說上話，他告訴我一件很有趣的事。」

「哦？」

「他說，大樓後門有一台監視錄影機。」

我的心臟好像整整停了五秒。「什麼？」

「我也不曉得爲什麼沒有發現。」他說。「他說，他把攝影機架設在隱密的位置，因爲住戶不喜歡覺得自己受到監視。然後，有趣的部分來了——大約一年前，提供這個安全設備的單位是**妳丈夫**的公司，因爲他對後門的安全有疑慮。」

「他……是嗎？」我差點噎住。我好像聽到浴室裡有一聲碰撞聲，接著是水潑濺的聲音，但是我沒理會。如果羅素想爬出浴缸然後跌倒，他也只能靠自己站起來。

「是啊，我們剛剛看完所有的錄影帶。這太奇怪了——根據那些錄影帶，妳丈夫已經好幾個月沒進公寓。而且，正好是卡洛威小姐在那裡工作的那整段時間。所以，如果蓋瑞克先生完全不在公寓裡，我不知道他要怎麼和卡洛威小姐發展出婚外情。妳知道嗎？」

我口乾舌燥，幾乎說不出話，但我勉強自己說：「也許他們在其他地方碰面？」

「有可能。只不過我沒有看到旅館的信用卡簽單之類的證據。」

「他當然不會刷卡，要不然我會看到。他可能付現金。」

「妳有可能是對的。」拉米瑞茲退讓了。「但眞正詭異的地方是，妳丈夫被殺的那晚，他是在門房看到卡洛威小姐離開之後，才出現在後門。」

「那……那眞的很……奇怪……」

如果警探看過那段錄影帶，他一定也已經知道，道格拉斯被殺時，我人就在公寓裡。而如果他知道這點，我的麻煩就大了。

「聽著，」他說：「我在想，不知道能不能請妳過來局裡，爲我們澄清幾處疑點。我們現在派巡邏車過去妳家接妳。」

「我……我現在不在家……」

「哦，是嗎？那麼妳在哪裡？」

我拿開貼在耳邊的手機。拉米瑞茲警探的聲音頓時變得好遠：「蓋瑞克太太？」

我按下紅色按鍵結束通話，把手機丟在流理台上，彷彿手機會燙手。我靠在廚房水槽邊，抵擋一波波噁心、暈眩的感覺。

我無法相信後門有錄影機。我**特別**問過的，他們告訴我沒有啊。但那是在道格拉斯雞婆提供錄影機之前的事了。對啦，他當然會做那種事——我丈夫就是那種容易不安又慷慨過頭的高科技天才。又或者這是他另一個打算記錄我偷情的招數。

如果後門有錄影機，就足以證明米莉無罪。而且算是在我的棺材上打下一支巨大的釘子。

我揉揉開始抽痛的太陽穴。我必須想個辦法逆轉情勢，因爲我才**不要**在監獄裡度過餘生。這時，我已經有了些想法。我準備說的故事是，道格拉斯其實是個可怕又會施虐的丈夫。也許，在那命中注定的夜晚，他朝我撲過來，準備把我打昏，然後我只是做了我該做的事。自我防衛有正當性——當時的情勢是，不是他死就是我亡。

這故事行得通。

「羅素！」我喊道：「我們必須談談。」

羅素的部分就比較複雜了。如果警方看完後門的錄影帶，他們會看到他在那晚也進了大樓。不過他們或許沒有可以將他和我連結在一起的直接證據。我們必須先串好供。希望他在面對這整件事時不要又像個小孩。我可以想像他崩潰，把整個醜陋卑劣的故事告訴警方。

我跑到浴室。羅素聽到不會太高興，也對啦，想期待整件事一路無波確實太貪心。但無論如何，我們都會度過這番波折。我從前不是沒遇過難關，但是關關難過關關過。

「羅素。」我又喊了一次。「你在——」

我穿過浴室門口，第一眼看見的是一整片紅色。大量的紅色液體在我眼前浮動。水霧包圍的浴缸裡，原本清澈的水現在是深紅一片。我抬眼尋找血從哪裡來，這才看到羅素脖子上有一道裂開的傷口。

接著我往上看著他的臉，他鬆弛的下顎，他直瞪前方、眨都不眨的雙眼。

70

羅素死了。

被殺了。

事情發生在我離開浴室後，到現在我回到這裡之前。事情就發生在我離開浴室後，到我再重新回這裡之間。

我想起之前出來拿酒，看到有扇窗大大敞開。有人進入小屋。有人進來小屋，對羅素下手。

讓我害怕的是，我知道那人是誰。此時此刻，有個人恨透我、有暴力行爲前科，而且警察沒辦法找到人。

「米莉？」我喊道。

沒有回答。

接著，燈瞬間全熄了。

我想把停電歸咎於風雨，但我不覺得風勢夠大。一定是有人破壞了電源。

我把雙臂環在胸口，寒意竄過我全身。電力切斷之後，小屋裡一片漆黑。我有手機，也收得到訊號，但我把手機留在廚房了。如果她夠聰明，現在可能已經把手機拿走了。這表示我沒法打電話求救。

「米莉？」我又喊了一次。

還是沒回答。

她在耍我——她現在一定恨透我了。而且她完全有權利恨我。她本來想幫助我，我卻把一切都推到她身上。多虧她，謀殺親夫變成一件輕而易舉的事。

我朋友奧黛麗的話在我腦子裡響起：**相信我，她強硬得很——是個危險的女人。**

米莉極度危險。這無庸置疑。

而我竟然與她爲敵。

「米莉，」我大聲說：「請聽我說。我……我很抱歉。我不該做出那種事，但是妳必須知道，道格拉斯對我施暴。我說的是實話。」

小屋另一側的某處傳來玻璃破碎聲。我轉頭看向聲音出處。除非米莉戴了夜視鏡，否則在這一片漆黑當中，她應該和我一樣什麼都看不見。也許我能把這個困境轉變成優勢。

「道格拉斯對我做了好多可怕的事。他是個恐怖的丈夫。我必須擺脫這段婚姻。妳要了解……」

米莉還是沒說話。但我感受得到她沸騰的怒火。我惹錯了人。

「米莉，」我繼續說：「妳要知道我沒有假裝。妳對我的善意……對我意義重大。只是我必須那麼做。」

外頭，一道閃電劃過，帶來的光線正好讓我清楚看到廚房的方向。廚房，廚房裡有刀，還有很多我可以拿來當武器的東西，就算她拿走我的手機也沒關係。

和一個精神病還講什麼道理！如果她想打架，我會讓她心想事成。

我衝向廚房的方向。米莉的腳步聲在我背後響起，但是我沒停下來。我把手往前伸，以免自己直接撞上牆壁。老天垂憐，我成功跑進廚房，繞過廚房小餐桌，設法不讓自己絆倒。我雖然順利閃過障礙，但接著卻腳下一滑。

地板上全是血。

一定是羅素的血，是她的鞋踩到帶進來的。當我閉上眼睛，仍然看得到羅素躺在浴室，喉嚨被割開，雙眼茫然看著前方。米莉竟然那樣對待他，而他甚至不是她真正憎恨的對象。我沒法想像她打算怎麼處置我。

我不會給她動手的機會。我會戰鬥到最後一刻。她可能很強悍，但我也不是弱者。

這一跤跌得我右臂劇痛，但我仍然掙扎站起，盲目摸索著走到流理台前，尋找廚房刀組。我確定自己稍早在流理台上看過刀組。那不是想像。

拜託，讓刀組在這裡。拜託。

但是我什麼都沒摸到，沒能在流理台上找到任何類似武器的東西。當然了，米莉太聰明。之前我能騙過她，全是因爲她信任我，但她現在已經知道我的策略，猜得出我的想法。今晚，她已經殺了一個人，現在是一心讓我成爲下一個受害者。

我繼續摸索，想尋找爐子。我記得在爐子上有一個平底鍋。如果我能拿到平底鍋，想辦法重重揮向她，很可能可以打倒她。這是我唯一的機會。

但接著我聽到身後有腳步聲，而且逐漸接近。太近了。

喔天哪。她，也跟我一起在廚房裡。

71

我繼續向前摸索。米莉就在我身後。距離可能不到兩公尺。如果再有一道閃電就好了。如果有，我就可以找到用來對付她的武器。但屋裡太暗。我連面前是什麼都看不見。

「溫蒂。」她說。

我轉身，往後退到爐邊。

我的心臟像是馬上就要在胸腔裡炸開，有那麼一下子，整間廚房都開始在轉。我深吸一口氣，力圖鎮定。昏過去對我沒半點好處。很可能等我醒過來，我的手腳會被綁在一起。

我的眼睛逐漸適應了陰暗的微光。在廚房的另一側，我可以清楚看出米莉的身影。以及，她右手拿的某個閃亮的東西。

那是一把刀。一定是她用來殺害羅素的同一把刀，說不定上面還沾著他的血。

喔，天哪。

「求求妳。」我懇求她。「妳要什麼我都能給妳。我馬上就有很多錢了。」

米莉往前走了一步。

「我知道妳經濟上一直有困難。」我歇斯底里地講個不停。「我可以負擔妳的學費、妳的房租，另外再加上紅利。以後妳再也不必擔心錢的問題。」

廚房太暗，我只能勉強看到，但米莉的身影搖了搖頭。

「我會告訴警察我弄錯了。」我愈來愈激動。「我會告訴他們妳根本不在場。我全都搞錯了。」

我當然可以做出這種承諾，因爲警方掌握的證據可以證明，米莉從未和眞的道格拉斯同時在公寓裡。但是米莉不知道。等我離開小屋後，警察很可能會拘提我。我會接受，若有必要，我也可以去坐牢，總之我不想死。

米莉對我的提議似乎是無動於衷。在我後退時，她又往前了一步。而我已經無處可退。

「求求妳。」我求她：「拜託妳別這麼做。」

這時，一道閃電照亮了廚房——太遲了，我來不及去找流理台上的武器。這個女人右手拿刀朝我走來，我清楚看到她的臉。

喔，老天。

不是米莉。

72

「瑪麗貝絲？」我低聲說。

我丈夫的助理——也是羅素的老婆——現在正站在幾公尺外直瞪著我。我從沒這麼怕過瑪麗貝絲。連我和她丈夫上床時，也想都沒想過她。她看來就是個親切和善的老好人，而羅素也是這麼說。

我太低估了她。羅素被劃開的喉嚨就是證明。

客觀來說，我比瑪麗貝絲有吸引力。她大概比我大十歲，看起來也是。她的金髮毛毛燥燥，眼角和唇邊都有細紋，下巴底下的皮膚很鬆弛。

閃電過後，廚房再度陷入一片漆黑，她又只是一個陰暗身影。

「坐下。」瑪麗貝絲說。

「我……我什麼都看不見。」我結結巴巴地說。

接著，另一道光線照得我瞬間什麼都看不見——她打開了她手機的手電筒。她朝廚房餐桌的方向照了一下，那張木頭小方桌兩邊各有一張折疊椅。我蹣跚走向桌邊，一屁股坐在其中一張上頭，雙腳立刻發軟。

瑪麗貝絲坐在另一張椅子上。現在，藉著手機的光線，我又可以看清她的五官。她的嘴唇抿成一條線，一向溫和的藍眼如今像是尖銳利刃，身上的風衣沾到了羅素的血，整個人看起來異常駭人。

但她到現在還沒殺我，這讓我有些寬心。爲了某種原因，她讓我活著，這讓我多了一點時間來思考如何逃出這間小屋。

「妳想要什麼？」我問她。

她眨眨眼。她的白眼球在凹陷的黑眼圈中發亮。「妳和我丈夫睡在一起多久了？」

我張開嘴，考慮是否該說謊。但接著我看進她的雙眼，領悟到最好不要隨便耍這個女人。「十個月。」

「**十個月**。」她一字一字地吐出來。「就在我眼皮底下。妳知道嗎？在妳介入之前，我們過得很**幸福**。幸福了二十年。他不完美，但是他愛我。」她的聲音破碎。「接著他認識了妳……」

「我很抱歉。那是個意外。」

「可是你們確實有個計畫，一個大計畫。他打算爲了妳離開我……」

她這句話不是問句，所以我閉嘴不回答。羅素本來是打算爲了我離開瑪麗貝絲沒錯，但到了後來，我不再那麼確定。他最後終究沒有成爲我想像中的那個人。「他非常愛妳。」我終於說，希望這句話能緩和她的情緒。

「那他爲什麼要和妳上床？」她激動地說。

「聽我說，」雖然我心臟狂跳，但我試圖保持鎮定，「他想回到妳身邊，他有顧慮，要不是妳……」

她瞪著我。我可不能忘記這女人才剛殺了她丈夫。她並不期待和他和好。她滿腦子想的只有報仇。

「還有道格……」她那雙瞪著我看的眼睛冷得像冰。「妳殺了他，對不對？妳和羅素。」

我開口準備否認。但接著我看到她的眼神，發現她不是在問問題。「是的。我殺了他。」

當淚水浮上她的眼眶時，她的眼神瞬間軟化。「道格．蓋瑞克是個眞正的好人，最好的人。他就像我的兄弟。」

「我知道。我……很抱歉。」

「抱歉！」她憤怒地喊道：「妳又不是在電影院插他的隊。妳殺了他！他是因爲妳才會死！」

我緊緊閉著嘴，不敢說出任何一個字，因爲無論我說什麼都於事無補。瑪麗貝絲怒不可遏——我和她丈夫上床又殺了她敬愛的老闆。但這也不表示我就該死在這裡，死在她手上。

我得想個方法脫身。

我的目光落在她右手握著的刀上。她把刀放在腿上，濕濕的刀身仍然沾著羅素的血，這裡到處都是他的血。我有沒有可能搶下她手上的刀？瑪麗貝絲的體能並不是在巔峰狀態。

「妳想要我怎麼做？」我問他。

她先從風衣口袋裡拿出一張白紙，接著又掏出一支筆。她把這兩樣東西放在餐桌上，向我推過來。

「我要妳寫自白書。」她說。

膽汁衝上我的喉頭，我拚命吞下去。「什麼？」

「妳聽到了。」她雙眼閃爍。「我要妳寫下妳所做的一切。寫下妳怎麼勾引羅素，你們兩人怎麼共謀殺害妳丈夫。我要一份完整的告白書。」

「好……」我不想寫，但是我親眼見識到她怎麼對待羅素。一想到她會像對他那樣割開我的喉嚨……

「快寫！」

在印滿血指紋的白紙上寫下自白時，我的雙手不住地顫抖。我不知道她到底要我說什麼，所以我盡量簡短。我不擔心自白書，因爲在刀尖脅迫下寫出來的東西，在法庭上站不住腳。

給所有人，

過去十個月以來，我和羅素、西門茲有婚外情。我們兩人聯手殺害了我的丈夫道格拉斯、蓋瑞克。

我觀察她的五官，但她臉上沒有透露出任何情緒。「這是妳要的嗎？」我問。

「對，但是妳還沒寫完。」

「妳還要我寫什麼？」

「接下來妳要寫的是，」她用長指甲輕敲那張紙。「**我沒辦法繼續活在罪疚當中。**」

我草草寫下這句話，這些字幾乎無法辨認，因爲我手抖得太厲害。有那麼一下子，整張紙變得完全模糊，我沒法繼續寫，但沒多久又恢復清晰。

「**所以今晚，**」她繼續說：「**我決定結束我倆的生命。**」

我沒辦法寫下去，筆從我麻木的指尖掉落。「瑪麗貝絲……」

「寫！」

她拿高刀子湊到我臉邊。我閉起眼，想起羅素喉嚨上的傷口。喔，天哪。這個女人來眞的。我在自白書上寫下最後一句話。

「現在，簽下妳的名字。」瑪麗貝絲說。

我照她的話做。我沒資格拒絕。

她拿走我簽了名的自白書讀，一方面仍然警戒注意著我。「很好。」她說。

我這才發現接下來會發生什麼事。自白書最後寫的是，我要結束我自己的生命。這表示，在今晚結束前，她肯定會殺了我。想到這裡，我開始頭暈。雖然這女人拿刀威脅我，我還是跑到水槽前嘔吐。她冷眼看著我去。

我靠在水槽邊，吐完後繼續乾嘔。因爲剛才喝了紅葡萄酒，我的嘔吐物把水槽弄得通紅。我背後的塑膠椅嘎吱響，沒多久，瑪麗貝絲就來到我身邊。

「拜託妳不要這麼做。」我懇求她。

她歪著頭。「這不是妳對道格做的事嗎？妳不覺得妳罪有應得？」

這和道格拉斯的狀況不同。他是用殘忍的手段對待我，我別無選擇。而且，即使在死後，他仍然透過遺囑繼續折磨我。天哪，我該怎麼對付那份愚蠢的遺囑？但那要等我離開這裡之後再操心。首先，我必須制止這個女人，免得她做出傻事。

「每個人都會犯錯。」我說：「我爲自己做過的事感到難過，現在我必須承擔後果。」

「那不夠。」她說。

我開始胸悶，像被束腰勒住。「送我去坐牢，讓我在監獄裡度過餘生還不夠嗎？」

「不夠。妳應該要更慘。妳太卑鄙，應該要死得痛苦又悽慘。」

束腰勒得更緊了。「那妳覺得接下來該怎麼樣？妳覺得警方會相信我拿刀自殺？沒有人會那麼做的。他們一定會知道是有人下手。」

瑪麗貝絲安靜了一下。「妳說得對。」她若有所思。「如果拿刀刺妳，警方會知道妳不是自殺。」

喔，謝天謝地。這個女人聽得懂我說的道理了。「沒錯。」

「所以妳不會用那種方式去死。」

我又感覺到一陣暈眩，差點沒辦法站穩。「什麼？妳在說什麼？」她還有別的武器？是槍？還是雙截棍？這女人到底想對我做什麼？

「妳有沒有聽過一種叫『隆我心』的藥物？」她問道。

隆我心？聽起來怎麼這麼熟悉？

接著，我想起來了。道格拉斯也吃這那種藥。心臟病藥物。他把藥放在長島的家裡，而瑪麗貝絲有家裡的備用鑰匙。

「隆我心的毒性很強。」她繼續說：「首先，妳會感覺到反胃、暈眩、腹部絞痛以及視力模糊。這些副作用會讓人很痛苦。但這種藥物最後讓妳送命的原因是，致命性的心律不整。」

「所以，」我慢慢地說：「妳期待我吞下一把隆我心？」

如果她要我吞藥，我就得想辦法解套。我可以把藥藏在舌下，再伺機吐出來。她沒法強迫我吞下去。

但她的嘴角揚起，露出微笑。「妳已經吞了，溫蒂。」

我再次對著水槽乾嘔，但什麼都沒吐出來。同一時間，我的胃開始痙攣，痛得我淚水全湧了上來。儘管我頭愈來愈暈，但是一直到剛才，我都努力地站著，而現在我已經是抱著肚子倒到地上。

瑪麗貝絲在我身邊蹲下。「我不確定妳還得痛苦多久。再一個小時？還是兩小時？反正不急，沒人會來這裡找我們。」

我抬頭看她。她的臉先是變得模糊，然後消失。「拜託妳送我去醫院。」

「我不想。」

「拜託，」我開始喘，「發發慈悲……」

「說得好像妳曾經對道格發發慈悲？」

我伸出手，指尖掠過她的牛仔褲腳。我想拉住她，但我的手彷彿不再聽我使喚。

「妳要我怎麼做我都會做，妳想要什麼我都會給。我保證。」

「而我也可以保證，」瑪麗貝絲：「妳會死得又慢又痛苦。還有，我不像妳，我不會違背承諾。」

73 米莉

該面對現實了。

昨晚，我睡在恩佐的車上。我知道警方有我的逮捕令，但我就是還沒做好再次被關的心理準備。所以我把車子停在暗巷裡躲起來，人睡在後座。過去有段時間我也住在自己的車子裡，睡後座讓我有種熟悉感。

但我也明白，我不可能永遠睡在恩佐車裡。我必須自首，希望案情能水落石出。開車回我的公寓時，我以為會看到半數警力駐守在外面，等著逮捕我。結果我只看到一輛巡邏車。不過，我知道那輛車是為我而來。

果然，我一踏出恩佐的馬自達，一名年輕警員就跳出巡邏車。「是威廉米娜·卡洛威嗎？」他問道。

「是的。」我確認。

威廉米娜·卡洛威，妳被捕了。我都準備要聽他說這句話了，但他卻沒有動作。

「可以請妳和我到警局去一趟嗎？」

「我被捕了嗎？」

他搖頭。「據我所知是沒有。是拉米瑞茲警探想聊聊，但妳沒有義務過去。」

那好。這是個好的開始。

我坐進警車後座。昨晚我整晚關機，直到現在才打開。我錯過了幾通來自紐約警局和二十通恩佐的電話。他一定猜出是我開走了他的車。我沒去聽語音信箱，但是我滑著手機讀他傳給我的整串簡訊。

妳在哪？妳開走我的車？

妳開走我的車！

把我的車開回來。我們好好談。

不要去那棟小屋。

妳在哪裡？我很擔心。

請速回。別去小屋。愛妳。

會處理這件事。回來。

整串都是諸如此類的訊息。

他發了一整夜的訊息。他肯定一夜沒睡，一直在擔心我。我欠他一個解釋，或者至少該告訴他我沒事。所以我傳了簡訊：

——我很好。現在在警車後座。沒被捕。你車在我家前面。

恩佐幾乎立刻回訊，彷彿他正瞪著電話等我傳訊給他。

妳昨晚在哪裡？？？？

我回：

——睡在車上。一切都很好。

他輸入訊息時，對話框出現三個黑點。我以爲他要說他愛我、他擔心我，甚或責怪我偷他的車。沒想到他說了出乎我意料之外的事：

溫蒂·蓋瑞克死了。上新聞了。

——怎麼死的？？？

自殺。

74

這次，待在偵訊室似乎沒有上次那麼可怕。

剛才在警車裡，我快速瀏覽我所能找到有關溫蒂·蓋瑞克自殺的每則新聞。她顯然是先割了她男友的脖子，然後吞下一大堆藥丸。她甚至還留下遺書。

道格拉斯·蓋瑞克的遭遇因此拓展出另一個維度。

我在偵訊室裡等了大概半小時，拉米瑞茲警探才大步走進來。他的表情仍然嚴肅，但不再像之前那麼具有威脅性。只是，他看起來有點……困惑不解。

「妳好，卡洛威小姐。」他說著，坐進我對面的椅子上。

「你好，警探。」我說。

他的眉毛擰在一起。「妳聽說溫蒂·蓋瑞克的事了嗎？」

「有。她的事上新聞了。」

「妳應該知道，」他說：「在她的自殺遺囑上，她還承認自己殺害了蓋瑞克先生。」

我允許自己小小地、微微地笑一下。「所以我不再是嫌犯了？」

「其實……」他坐在塑膠椅上往後靠，壓得椅子嘎吱作響。「妳早就不是嫌犯了。原來，那棟大樓的後門裝了錄影機，只是沒人知道。我們看了監視畫面，看來，妳和蓋瑞克先生從來沒有同時待在公寓裡過。」

「對。溫蒂設計我。」

原來大樓一直有錄影機。那我過去兩天的驚慌和壓力……沒想到，我無辜清白的證明一直都在。

他點頭。「看來是這樣。所以我想道歉。妳也知道我們爲什麼會以爲妳必須爲謀殺案負責。」

「那當然。我有犯罪紀錄，所以如果有犯罪發生，可疑的人一定是我。」

拉米瑞茲出於禮貌表現出尷尬的樣子。「我確實太快下結論，但是妳不得不承認，整件事看起來對妳並不有利。而且溫蒂．蓋瑞克堅持是妳犯的案。」

他是對的。她的確設計了一個坑讓我跳。但如果她聰明一點，就根本不必設局。最後，溫蒂．蓋瑞克只是讓自己的處境變得更困難。她本來可以從我身上學到更多。

儘管如此，這次的經驗還是讓我很不愉快。多年來，我幫助過許多女人，雖然不見得次次都能按計畫進行，但我總覺得自己是在爲正當的理由而戰。當那些女人來找我幫忙，我從來不曾爲是否該做正確的事而猶豫。

但我現在開始懷疑了。溫蒂看起來就像個受害者。有了這次經驗，我不會輕易相信下次來找我幫忙的人。這得列入我最憎惡她的理由之一。

「所以我不再是嫌犯了？」我問拉米瑞茲。

「沒錯。據我所知，這個案子結案了。」

道格拉斯死了。他們知道溫蒂必須負責。而如今她死了，所以沒必要繼續偵辦，也沒有後續的逮捕和審判。我自由了。

「那我不懂了。你為什麼要我過來？」

「嗯……」拉米瑞茲難為情地微笑。「我們發現妳還頗廣為人知的嘛。」

「廣為人知？」我的胃部微微攪動——這聽起來不妙。「怎麼說？」

「妳是個英雄喔。」

「英……什麼？」

「我知道妳覺得妳在幫助蓋瑞克太太。」他說：「因為妳從前幫助過其他女人。而我想要妳知道我們很感激。我們經常看到一些不好的事，有時候，等我們接觸到受害者時，一切為時已晚。」

他這話擊中要害。我之前之所以盡全力幫忙，就是為了避免「為時已晚」的發生。無論我日後怎麼走——當管家或社工——我都會繼續做下去。「我……我靠手邊的資源，盡我的力量。」

「我懂。」他對著我微笑。「我只是想要妳知道，妳可以考慮把我當作另一個資源。我想請妳收下我的名片，如果妳看到任何女人身處險境，請妳立刻打電話給我——我在名片背面寫了我的手機號碼。這一次，我保證我會相信妳。」

他把名片放在桌上推過來。我拿起名片，看著上頭他的名字。班尼托．拉米瑞茲。終於，我也在警界有個朋友了。我幾乎無法相信。

「等等，讓我弄清楚，你該不是在和我調情吧？」

他頭一仰，大笑出聲。「不是，對妳來說我太老了。而且我猜妳應該和昨天來局裡的那個義大利傢伙在一起。他為妳鬧了半天，說我們找錯人，除非我們聽完他要說的話，否則他不走。我都以為非得逮捕他不可了。」

我對自己微笑。「眞的嗎？」

「可不是。事實上，他現在就在外面。除非見到妳，否則他不會離開等候室。」

「那麼，」我說，我仍然沒辦法抹除臉上的笑容（是說，我也沒多盡力嘗試），「我想我該走了。」

我站起來時，拉米瑞茲也跟著站起來。我握住他朝我伸過來的手。接著，我走出偵訊室去找恩佐，終於可以回家了。

尾聲 米莉

三個月後

我不懂，恩佐那個愚蠢的小套房裡怎麼塞得下那麼多東西。

他抱著感覺像是第一千萬個裝滿他個人用品的箱子走進我的公寓，把箱子放在另一個箱子上。好吧，看恩佐搬箱子不算折磨。他T恤下，手臂的肌肉賁張。但天哪，這些箱子裡到底裝的是什麼？這男人大概只有七、八件T恤和兩條藍色牛仔褲輪著穿。他還能有些什麼東西？

「就這些了？」他擦拭額頭的汗珠時，我這麼問他。

「還有，還有兩箱。」

「兩箱！」

我開始有點後悔。呃，假的。我和伯克分手後，便重拾在恩佐去義大利前的那段情。只不過這次兩人都清楚我們少不了彼此。所以，當他終於指出他每個月都在浪費房租——因為他每天都在我的公寓過夜，我很快建議他搬進來和我住。

眞有趣。當事情對了，大家自然會知道什麼才是正確的決定。

「兩個小箱子，」恩佐說：「沒什麼。」

「嗯。」我說。我不相信他。他對「小箱子」的定義，是所有比我輕的東西。

他對著我笑。「對不起，我好煩人。」

他一點也不煩人。事實上，多虧了他，我才得以留在原來的公寓。藍道太太在確認我無辜後還是想趕我走，但恩佐去找她談談，結果她突然很樂意讓我留下。他是很迷人，沒錯。

恩佐走過來，敞開雙手抱住我。他流了不少汗，因爲他抱著箱子在我們的住處來回走，但我不介意，還是讓他吻我。從不例外。

「好，」終於鬆手時，他說：「我去搬其他箱子。」

我抗議地呻吟。我們倆到時得一起開箱整理，斷捨離一大堆東西。不過，我今天還打算清出幾個抽屜。

恩佐離開沒過幾分鐘，樓下的電鈴響了。恩佐說過要叫披薩當晚餐，但我不覺得他已經下單了，所以這表示來到樓下的只會是某個人。

我按下開門鈴讓他上樓。

一分鐘後，我聽到敲門聲。我拿起放在床上的箱子帶進起居室，然後用一隻手捧住箱子，另一手打開門鎖。

伯克站在門口，一如往常穿著一身昂貴的西裝，頭髮造型完美，牙齒白得亮眼。這是我們隔了三個月後首次見面，而我好像快忘了他帥到沒有天理。我相信，有那麼一天，他會成爲某個女人的好丈夫。只是那人絕對不會是我。

「嘿，」他說：「我的東西妳都打點好了？」

「都在這裡了。」

我抬起箱子送進伯克等待的臂膀之間。在幫恩佐清理空間時，我發現有個抽屜裡還放著伯克忘在這裡的衣服和隨身物品。我一度考慮是否該全部丟掉，但後來想起他在得知警方拿到我的逮捕令後，還先來提醒我要小心，於是我決定打電話問他想不想領回他的東西。他說他隔天就過來。

「謝了，米莉。」他說。

「沒問題。」

他站在門口，遲疑了一下。「妳氣色很好。」

喔，天哪，我們眞的要玩**這個遊戲**嗎？

「謝謝，你也是。」我說。接著，我管不住自己地問道：「你交女朋友了嗎？」

他搖頭。「沒有特定的人。」

他沒問我相同的問題，這讓我很感激。這麼久以來，我一再拒絕他要我同住的邀請，現在若是告訴他，我要和恩佐住在一起，未免太傷了。而且，儘管和伯克以那種方式分手，在他走出警察局時，我仍知道他愛我。比我愛他來得多。

「嗯……」他左右手輪流支撐箱子。「祝妳……一切順利。」

「你也一樣。我們大概會再見面吧。」我不知道自己為什麼要補充這句話。我應該很可能再也不會和他見面。

我正要關門時，伯克探頭進來阻止我。「喔，對了，米莉？」

「什麼事？」

他搖搖箱子，低頭看裡面的東西，接著抬起頭看我。「我那瓶備用藥在裡面嗎？」

我的指甲嵌入掌心。「什麼？」

「我那瓶備用的隆我心。」他問：「我從前放在妳藥櫃裡的那瓶藥，萬一我在這裡過夜時可以吃。妳還留著嗎？我差旅還是可以帶。」

「嗯……」我的指甲嵌得更深了。「沒有，我沒在藥櫃裡看到。一定是被我丟了。抱歉。」

他揮個手。「沒關係。妳沒丟掉我的耶魯帽T，我已經很高興了。」

伯克最後一次向我揮手道別，我沒立刻關上門，而是屏息看著他走下樓梯。直到他消失在我眼前，我才吐出一口氣。

我沒想到他竟然記得他留在我這的備用藥。我是當然記得。我們還在交往時，我一看到那瓶藥就立刻上網去查，目的是為了更了解我男友。我就是因此發現大劑量的隆我心會造成致命性的心律不整。我一直把這件事放在心裡。

隆我心雖然有危險，但卻是常見的心臟病藥物。尋常到連道格拉斯．蓋瑞克都因爲心房顫動的關係而服用。只是，與警方推測的不同，溫蒂．蓋瑞克超量吞下的隆我心，並不是道格拉斯的藥。

在我聽到警方即將對我發出逮捕令之後，我拿走恩佐的鑰匙，但我沒開車去湖邊小屋——我遵守了對恩佐的承諾。相反的，我開車進曼哈頓，去羅素．西門茲的妻子瑪麗貝絲的公寓，她恰好也正是道格拉斯．蓋瑞克的員工。接著我開始自我介紹。

結果，我發現瑪麗貝絲是個可愛的女人。老闆的過世讓她十分傷痛，而我爲自己必須說出我所知道她丈夫的事而感到難過。但是，在談了許久之後，她感覺好多了。再加上，她還想起羅素幾年前買了一筆高額壽險，於是瑪麗貝絲決定開車到湖邊小屋療傷。

至於我呢，我繼續開車，只是身上少了一瓶隆我心。

諷刺的是，如果溫蒂肯好好想辦法讓她丈夫多吞幾顆藥，就可以殺了他，而且還難以證明用藥過量是否純屬意外。這麼一來，她可以爲自己省下許多麻煩。

相反的，她的判斷錯得離譜。她低估了一個極其危險的人。

我。

於是她付出了最大的代價。

致謝

感謝Bookouture的協助，不但讓《家弒服務》大受歡迎，並且支持我寫出這本續集。

感謝我的編輯Ellen Gleeson，Ellen對我的書有出色的洞見和無比的熱忱！

感謝我母親在作品完成初期給我的回饋。

感謝Kate。

一如往常，感謝所有熱情支持我的讀者——有了你們，一切都值得！

Eurasian Publishing Group
圓神出版事業機構
用心與你對話・視野無限寬廣
寂寞出版社 Solo Press

www.booklife.com.twreader@mail.eurasian.com.tw

Cool 052

家試絕招【刺激懸疑再升級！《家弒服務》超狂續集】

作　　者／芙麗達・麥法登（Freida McFadden）
譯　　者／蘇瑩文
發 行 人／簡志忠
出 版 者／寂寞出版股份有限公司
地　　址／臺北市南京東路四段50號6樓之1
電　　話／（02）2579-6600・2579-8800・2570-3939
傳　　真／（02）2579-0338・2577-3220・2570-3636
副 社 長／陳秋月
副總編輯／李宛蓁
責任編輯／朱玉立
校　　對／李宛蓁・朱玉立
美術編輯／林雅錚
行銷企畫／陳禹伶・林雅雯
印務統籌／劉鳳剛・高榮祥
監　　印／高榮祥
排　　版／杜易蓉
經 銷 商／叩應股份有限公司
郵撥帳號／18707239
法律顧問／圓神出版事業機構法律顧問　蕭雄淋律師
印　　刷／祥峯印刷廠
2024年6月　初版

The Housemaid's Secret by Freida McFadden

First published in Great Britain in 2023 by Storyfire Ltd trading as Bookouture
This edition arranged through BIG APPLE AGENCY, ING., LABUAN, MALAYSIA.

定價 460 元　ISBN 978-626-98177-7-1

◎本書如有缺頁、破損、裝訂錯誤，請寄回本公司調換
Printed in Taiwan

他臉上的表情讓我忍不住打了個寒顫。

接著他搖了搖頭，動作小到幾乎看不出來。幾乎就像在警告我一樣。

——《家弒服務》

國家圖書館出版品預行編目資料

家弒絕招【刺激懸疑再升級！《家弒服務》超狂續集】/
芙麗達・麥法登（Freida McFadden）著；蘇瑩文 譯.
-- 初版. -- 臺北市：寂寞出版股份有限公司，2024.6
352面；14.8×20.8公分（Cool；52）
譯自：The housemaid's secret.
ISBN 978-626-98177-7-1（平裝）

874.57 113005789